GOBOOKS
& SITAK
GROUP©

GOBOOKS
& SITAK
GROUP©

三日月書版

三日月書版

Charm & Teal Fox
符與青狐
下
畫
雨野

符與青狐
ジュジュツとアオイキツネ

目錄

Character File
ジュジュツと
アオイキツネ
衛青雪
衛青雪
冷淡孤僻的狐妖少女、夜狐一族的殘支，偽裝成普通學生混
居於人類世界。
妖化時，瞳孔會轉為青色，並長出狐耳和尾巴。
我的身份、還有進入高中的原因，
都不能告訴你，但我能保證不會傷害任何人。

Character File
ジュジュツと
アオイキツネ
楊萬里
楊萬里
青雪的同班同學，家族世代守護這方土地。
溫和穩重、觀察力敏銳，雖然總是背著木刀，但參加的是籃球校隊。
如果妳有可能危害到其他人的安全，
我就不能坐視不管。

序幕

少女裸體。少女裸體。

上鎖的體育器材室內，萬里無言地注視著夏晴和雨晴的裸身——嚴格來說並非如此。

儘管兩名女孩把制服和短裙褪下，胸衣的後扣也解了開來，卻沒有將最後一道防線徹底捨棄。

夏晴和雨晴背對萬里，各自用左、右手按住胸前，讓背脊到後腰的肌膚完全裸露出來。

猙獰的紅腫痕跡，盤據在女孩們身上，原本應該白皙嬌嫩的肌膚，此時卻布滿凹凸不平的暗沉烙印。

萬里不禁皺起眉頭。

紊亂的菱紋狀痕跡，一路從女孩們的肩胛延伸到臀部附近，如生物般占據半邊背脊，夏晴是右腰、雨晴則是左腰，狹長、扭曲的紋路，在緊靠彼此的雙胞胎姐妹背上張牙舞爪。

光用肉眼，就能察覺到纏繞其上的不詳氣息。

「什麼時候開始變成這樣的？」沉默片刻後，萬里提出詢問。

如同醫生問診那樣，他必須先大致了解情況，才能判斷自己幫不幫得上忙，如果是身體方面的疾病，身為普通高中生的萬里多半也束手無策。

「這是小時候手術留下的疤痕，原本只有淡淡一片。」

「最近一年卻突然惡化，皮膚開始紅腫、發皺，然後角質化。」

夏晴、雨晴回過頭，妳一句我一句地說明著。

「傷疤開始變得奇怪之後，連我們的身體都慢慢變差，常常突然發燒或全身疼痛，頭暈、想吐之類的。」

「去給醫生看也沒什麼用，就算吃了藥，狀況也沒有改善，皮膚還是繼續變質。」

「嚴重的時候，我和雨晴整天都只能躺在床上。」

「醫生說，照這個速度惡化下去，在我們成年之前，身體很可能會出大問題。」

「這樣啊……」萬里有些頭疼地陷入沉吟。

乍聽之下，這應該是某種未知的罕見病症，完全不是區區一介高中生能處理的。

但既然林筱筠都推薦紀家姐妹來找自己商量了，就這麼雙手一攤、直說沒辦法，好像也不太妥當，於是萬里思考片刻後，決定再度提出疑問。

「筱筠學姐要妳們來找我的時候，有說什麼嗎？」

「唔……」

「筱筠姐嗎？」

夏晴和雨晴互看了一眼。

「好像有提到什麼味道？」

「她說，味道很奇怪。」

味道很奇怪？

萬里不解地歪了歪頭。

至少就他聞起來，雙胞胎身上沒有任何奇怪的氣味。不過，擁有貓妖血統的林筱筠，嗅覺方面自然比他強上不少，也許真有什麼令人在意的氣味也說不定。

——要請青雪出馬來聞聞看嗎？

這樣的想法在萬里腦海中一閃而過，但下一秒，他就馬上打消了念頭。

如果把狐妖女孩當作嗅探犬使用，天知道她會露出多恐怖的表情。

這邊就用自己能力所及的方式來調查吧，既然林筱筠都讓夏晴和雨晴來找他了，代表這起事件很可能和妖怪有關。

所謂的怪味，很可能是散溢出來的妖氣。

萬里沒有放過這樣的可能性，緩緩吐了口氣後，一正心神。

「不好意思，我可以靠近點看嗎？」

「可以啊。」

「當然可以。」

面對金髮男孩的要求，夏晴和雨晴倒是很大方地點頭答應。

暫時把器材借還冊放下，萬里走到紀家姐妹身邊，俯身查看兩人背後的傷痕。

一拉近距離，充斥視線的異樣感就顯得格外強烈。盤踞在夏晴、雨晴身上的兩條深色痕跡，彷彿活物般微微扭曲，散發出一股毛骨悚然的氣息。

光是靠近，萬里手臂上的寒毛就全數豎起，連打球累積的悶熱感都一口氣被吹散。

這絕對……不是什麼罕見疾病。

萬里內心警鐘大響。

壓抑住本能上想逃跑的衝動，他集中精神，檢視雙胞胎背後紊亂的菱狀紋路。比膚色略深的扭曲痕跡，從女孩們的後肩處一路爬行到腰部，最後沒入被貼身衣物覆蓋的臀部附近。

肯定有哪裡不對勁，如果只是手術留下的傷疤，不可能散發這麼強烈的異樣感。

究竟是哪裡出問題了？

「可以摸摸看嗎？」萬里滿臉認真地問道。

「欸？」

「摸摸看？」

夏晴和雨晴忍不住交換了個不確定的眼神。

「嘛，如果不要摸到奇怪的地方的話……」

「咦咦？夏晴沒關係嗎？」

雙胞胎的意見似乎出現了分歧，但意識到情況遠比想像中緊迫的萬里，沒有等待紀家姐妹得出結論，就伸手觸摸夏晴的背脊。

「咿呀嗯！」

「夏、夏晴，不要突然發出奇怪的聲音啦。」

「有什麼辦法，誰知道他會突然摸上來啊……」個性似乎比較開放的夏晴嘟起嘴唇，臉頰泛起隱隱紅暈。

然而萬里卻沒有因為眼前臉紅心跳的場景而產生遲疑，他仔細感受指尖傳來的少女肌膚觸感，微微皺起眉頭。

刻劃在夏晴後背的菱狀紋理，儘管形狀扭曲、紊亂，摸起來卻格外細緻，簡直就像某種生物的鱗片……

手指從女孩後肩，沿著優美的身體曲線，慢慢滑落到背脊、腰部。

「好……癢……嗚……」正當萬里陷入沉思時，夏晴漲紅著臉，緊握在胸前的雙手微微顫抖，唇邊洩漏出炙熱的氣息。

不輕不重的觸摸，似乎讓她全身發癢，脫下外衣後，裸露在外的腰肢因此產生一陣陣痙攣。

要不是萬里此時的表情是前所未有的嚴肅，在一旁觀望的雨晴可能已經把他當作變態了。

「嗯呀！」幾秒鐘過去，夏晴終於忍受不住爬滿全身的麻癢感，紅著臉回過頭。

「摸夠了沒有啊！再往下摸就要收錢了哦！」

萬里疑惑地抬起頭，這才發現自己的指尖已經相當接近夏晴的臀部，再往下摸，就要突破那層薄薄布料，直奔某個禁忌的部位了。

「抱歉，到這邊就行了。」金髮男孩連忙直起身，露出歉然的表情。

「夏晴同學，剛剛的動作如果讓妳覺得不舒服，真的很抱歉，我不是故意的。」

「下次注意點啦，要是碰到不該碰的地方，你就要對我和雨晴負起責任哦？」夏晴嫣然一笑。

「也得對雨晴同學負責啊？」萬里不禁苦笑。

「這不是當然的嗎？我和雨晴的身材幾乎一模一樣，摸了我就等於摸了雨晴，挺有道理的吧。」

不同於夏晴洋洋得意的模樣，雨晴將雙手緊扣在胸前，微微向前傾身。

「所以，你知道我們的身體為什麼會變成這樣了嗎？」

「老實說，還不清楚。」萬里抓抓頭，決定據實以告。

「我現在身上沒帶東西，所以沒辦法做出確實的評斷，不過，這應該不是皮膚病或過敏之類的病症。具體情況，得等進一步確認後，我才能和妳們說明。」

「不是疾病……這就是筱筠姐要我們來找你的原因嗎？」

「如果不是罕見疾病的話，我們背上的東西究竟是什麼？」

夏晴和雨晴忍不住追問。

對此萬里只能搖搖頭，儘管心裡大致有了推測，他仍不打算馬上下定論。

「請再給我一點時間，只要回去稍微查點資料，應該就能做出初步判定……吧。」

「應該？」

「吧？」

夏晴和雨晴同時露出懷疑的表情。

「這是真的，我現在身上什麼都沒帶，就算要檢查也檢查不出什麼結果。」萬里苦笑著舉起雙手，為了迴避任何有關「妖怪」、「異物」的字眼而閃爍其詞。

「妳們很急的話，明天再來找我好了……」

「到時候你就會告訴我們，我和雨晴背上的這些傷痕是怎麼回事了嗎？」夏晴忍不住插嘴。

「我沒辦法保證。」萬里老實回答，眼神略顯游移，「但能確定資訊肯定會比現在多，還請耐心等等。」

「……好吧，雖然不知道你是什麼來頭，但既然筱筠姐都這樣替你擔保了，多等一天也無妨。」

「就信你一次吧，籃球隊的。」

夏晴、雨晴互望一眼後，輕輕點頭。

「先暫定這樣吧，明天再碰一次面。我回去之後，也會盡可能調查資料，這期間如果有什麼突發狀況，再請林筱筠學姐幫忙聯絡，這樣可以嗎？」萬里提議道。

「可以啊。」

「反正我們也沒什麼損失。」

紀家姐妹聳聳肩，無可無不可地回答。

她們似乎沒對萬里抱有太大的期待，因此態度有些隨便。

萬里不禁露出苦笑。

儘管剛接任土地守護者沒多久，這樣的情況他倒也見怪不怪，除了少數特例，要常人馬上接受身邊有「異物」存在，實在有些困難。

與其硬是解釋，不如順其自然地讓當事人正視「異物」所引發的現象——這是萬里一直以來秉持的原則。

但此時的他，卻一反往常地選擇撇開視線。

「總之，有點頭緒後我會再通知妳們，請耐心等等吧。」

「啊，這樣的話，我們是不是加個聯絡方式比較好？」雨晴空出緊抱胸前的其中一隻手，蹲下身往散落在地上的衣物堆中摸索。

「欸！我也想要加籃球隊帥哥的好友，雨晴別偷跑！」夏晴見狀也趕緊蹲下，鬆開一隻手來翻找手機。

紀家姐妹豪放的動作，讓遮掩在手臂下的春光幾乎要傾洩而出，此情此景，讓萬里終於忍不住將手掌擋在面前，有些尷尬地出言提醒。

「那個……要交換聯絡方式是沒問題，但妳們能不能先把衣服穿上？」

「啊。」夏晴動作一頓。

「啊。」雨晴睜大雙眼。

紅暈緩緩爬上雙胞胎姐妹的臉龐，終於意識到要害羞的兩人，急急忙忙穿上制服衣裙，將爬滿傷疤的裸身掩入布料之下。

「抱歉，我們之前常做檢查，所以有點習慣了。」夏晴乾笑著扣上襯衫鈕釦，雨晴也迅速將裙子拉上腰部。

——習慣什麼?脫衣服嗎?還是裸體?

萬里忍不住在內心大聲質問。

和重新著裝的紀家姐妹交換完聯絡方式，萬里才終於得以離開體育器材倉庫。

吸了口戶外略顯悶熱的空氣，他望著夏晴、雨晴並肩離去的身影，緩緩沉下臉。

透過剛剛初步的觀察，能確認一件事——攀附在兩姐妹身上的詭異斑紋，是從腰臀間的舊傷疤處延伸出來的。

那東西不具有妖怪的形體，卻擁有與妖怪相似的突兀異樣感，如活物般扭曲、蜷縮著，像是隨時會勒進紀家姐妹的肌膚般，令所見之人感到毛骨悚然。

那種冰冷、致命的氣味……

「是蛇……嗎?」萬里搓了搓手臂，炎炎夏日中，前臂肌膚卻爬滿了雞皮疙瘩。

這下可麻煩了。

金髮男孩的眼神不禁凝重起來。

張著猙獰大眼的兩顆蛇頭，在雙胞胎女孩背上嘶嘶吐出蛇信。

第一章——見蛇必死・壹

夜幕低垂。

照例完成籃球校隊訓練的萬里，準備離開校園時，周圍已經空蕩蕩的一片，沒什麼學生逗留。

大部分同學在放學鐘聲敲響時，就彷彿逃離怪物魔爪般，潮水似地湧出校門。加上萬里又是負責收拾球具的一年級生，離校的時間又更晚了些，這才能見到高中校舍罕見的空曠模樣。

「萬里學弟。」正要踏出校門，一道熟悉的聲音叫住金髮男孩。

柔順的長髮隨風飄逸，高挑勻稱、凹凸有致的模特兒身材，以及堪稱校花等級的美貌，在夏季制服的襯托下盡情綻放。

等在樹蔭處的女孩露出微笑，對著萬里揮揮手，是混有貓妖血統的二年級學姐——林筱筠。

「抱歉，學姐，等很久了嗎？」萬里展開歉然的笑容。

如果林筱筠是從放學開始等他，現在也差不多站了將近兩小時了。身為學弟，這樣子讓人等總歸不太好。

「是我漏看訊息了嗎？我不知道學姐有事找我。」

面對萬里的詢問，林筱筠搖了搖頭。

「我知道你會留下來練球，所以就沒特別傳訊息過去。」

林筱筠左右掃視，確定附近都沒有人後，才壓低聲音問道：「你看過夏晴和雨晴身上的『東西』了嗎？」

「看過了。」萬里點頭，「是學姐讓她們來找我的吧？」

「嗯。」似乎是想起纏繞在雙胞胎姐妹身上的詭異紋路，貓妖女孩的瞳孔在暮色中豎直成一線。

「萬里學弟，那是某種妖怪嗎？」

「學姐有聞到妖氣的味道嗎？」萬里沒有馬上回答，而是像在確認什麼般地反問道。

「沒有，我沒有聞到任何像是妖怪的氣味。」林筱筠咬緊嘴唇，悄悄垂下眼簾。

「果然是這樣嗎……」萬里露出沉思的表情，「老實說，我也不確定那是什麼東西，雖然形態和妖怪很類似，卻感覺不到半點活著的氣息。要說的話，和學姐脖子上的勒痕還比較類似。」

「我脖子上的勒痕……？」林筱筠下意識地用指尖輕觸掩蓋在頸鍊下的脖頸肌膚。只要除下皮革頸鍊，就能看到女孩環繞脖頸處的勒痕，黑紫色的環紋深入肉裡，即使貓妖事件過去已久，仍遲遲沒有消褪的跡象。

那是曾在腐化木棉樹精手中走過生死一線的證明，直到此刻，林筱筠仍然能感受到勒痕深處隱隱傳來的疼痛。

「我聽爺爺說過，長久留在人類身上的傷痕，必然隱藏著什麼東西。」萬里的神情嚴肅，「『記憶』、『惡意』、『悲傷』甚至是『妖物』，就算腦袋下意識地選擇遺忘或忽略，人的肉體仍會將之刻劃下來，讓它如影隨形地跟在身邊。」

「這就是我脖子上的勒痕一直沒有消失的原因嗎？」林筱筠喃喃嘆道。

身為現役女高中生，她當然也會在意自己脖頸處顯眼的勒痕，但無論塗上任何去疤用的藥物，甚至去專門的醫美診所就診，都還是無法去除。

也許就正如萬里所說，當時瀕臨死亡的恐懼仍深深烙印在肉體中，脖子上的勒痕才會始終沒有消失。

那麼，夏晴和雨晴又是受到什麼影響，才讓傷疤造成如此劇烈的異變？

「學姐知道什麼嗎？關於她們身上那些疤痕的成因。」萬里撇了眼透過路燈投在腳邊的樹枝陰影，四處爬娑的黑暗如蛇群般散發不詳的氣息。

「印象中，夏晴和雨晴有和我提過。」林筱筠努力挖掘著記憶深處的資訊，「好像是……她們兩個小時候做過的某個手術？」

「什麼手術會留下這麼大片的疤痕？」萬里皺起眉頭。

撇除掉延伸出鱗狀角質層的部分，紀家姐妹身上的疤痕本就占據了腰、臀處的大片面積，實在很難想像兩人當初究竟接受了怎樣的診治，才會留下如此怵目驚心的痕跡。

「如果我沒記錯的話……」林筱筠猛然抬起頭，腳下影子的貓耳動了動，「應該是連體嬰分離手術。」

「連體嬰分離……」萬里一時間說不出半句話。

所謂的連體嬰，即為人類孕育的雙胞胎嬰兒，因細胞裂變不均，造成兩名胎兒部分肢體彼此纏繞、連接，出生時並不完全獨立的情況。

根據醫學紀錄，出現連體嬰的機率相當相當低，當然，進行分離手術的風險也大。牽涉到全身器官重組與血液流向分配的連體嬰分離手術，可謂是難度系數最高的手術之一，一旦發生任何失誤、或是術後處置不當，分離開的嬰兒很可能因此死亡。

剛出生就通過這層考驗的夏晴、雨晴，無疑是眾人努力的奇蹟結晶。

從疤痕的位置來看，紀家姐妹最初相連的部位應該是腰、臀一帶，但這又和漸漸爬滿她們全身的紊亂菱狀紋路有什麼關係？

萬里默默陷入沉思，罕見地無法光用雙眼就迅速看穿事物本質。

「啊，對了，說到這個勒痕……」林筱筠摸著皮革製頸鍊，若有所悟地輕聲叫道，「我想起來了，夏晴和雨晴身上的那些傷疤，雖然沒有妖怪的氣味，卻帶有另一股我聞過的味道。」

「什麼味道？」萬里反射性地問道。

「那個……和我一起掛在樹上的那些貓妖魂魄的味道。」想起了不好的回憶，林筱筠忍不住微微縮起肩膀，「不過，比起貓妖們，雨晴她們身上的味道沒有怨氣，只有一股冰冰冷冷、更純粹……更深沉的氣味。」

「那不就是……」萬里定定望著努力思考措辭的貓妖女孩，後頸爬上一抹涼意。

「死亡的氣味嗎？」

一人。一貓。

萬里和林筱筠並肩站在小廟內。

無名土地神的神龕一如既往的空無一物，只有幾柱剛點起的線香、以及暗沉沉的黑色布幕，填滿神明桌上方的空間。

聽完萬里對於紀家姐妹的陳述後，無名土地神已經陷入沉默好一陣子，要不是線香頂端仍維持著規律的明滅，兩人恐怕會懷疑無名土地神是不是不小心睡著了。

直到線香上段完全燃去，黑色布幕背後才響起土地神的低沉回音。

「萬里小子，以你的資歷而言，本神不建議你插手去管那兩位女孩的事情。」

「什麼……？」獲得完全出乎意料之外的答覆，萬里不禁傻住了眼。

以資歷而言？

這還是他第一次從無名土地神口中聽到這樣的說詞。

「別誤會了，本神並不是說你做為守護者的實力太淺，而是身為人類，萬里小子，你的資歷還不足以應對那兩個女孩身處的狀況。」

「能告訴我詳細原因嗎，后土大人?所謂『身為人類的資歷過淺』，是什麼意思？還有，夏晴、雨晴身上的那些疤痕到底是什麼來歷？」萬里自然不是會讓人隨意打發過去的個性，眼見無名土地神給出的理由如此模糊不清，他便緊抓著語尾詢問。

然而，神龕後頭卻遲遲沒有傳來無名土地神的回答，取而代之的是一聲長嘆。

「萬里小子啊，你們都還年輕，要面對那種事情還太早了點，更別說要替別人做主了。」

「您的意思是……？」萬里皺起眉頭，不禁和林筱筠互望了一眼，兩人眼中填滿疑惑的神色。

「好吧，爬在那對姐妹背上的東西，說穿了其實也沒什麼大不了，如果你們堅持想知道的話，本神也不是不能指點一二。」無名土地神語帶無奈地說道。

「只是啊，萬里小子，『知曉真實』的同時，責任也會隨之而來，你有信心能夠背負那兩名女孩的過去、現在，以及未來嗎？」

「她們的過去、現在，還有未來……？」萬里掩住嘴唇，思考片刻，旋即抬起頭。「后土大人，我能不能問一個問題？」

「當然。」

「根據醫生的診斷……如果放任那些疤痕繼續惡化，夏晴、雨晴她們很可能會有生命危險，關於這部分，是真的嗎？」

「自然是真的。」無名土地神給予肯定的答覆。

「既然如此，就沒什麼好考慮的了。」萬里的眼神相當平靜，「守護這片土地上的居民，是我的職責，就算必須冒上風險，也不能逃避應盡的責任，請告訴我該怎麼做吧，后土大人。」

「嗯……」無名土地神沉吟了一會，才緩緩嘆道：「好吧，或許這也是個讓你成長的好機會。」

意識到答案即將呼之欲出的萬里和林筱筠，不禁同時屏住氣息。

「聽好了，寄宿在那對姐妹身上的，是一種叫做『雙頭蛇』的非妖。」

「非妖？」聽到陌生詞彙的林筱筠，忍不住插口問道：「那是什麼？某種妖怪的別稱嗎？」

「所謂的非妖，就是那些擁有類似妖怪的型態，卻不真正具備生命的異物。相對於正統妖族，非妖比較趨近於一種『現象』，而非活物。」萬里貼心地從旁解說。

「可是，這樣一來，夏晴、雨晴又是怎麼被『雙頭蛇』纏上的？照你的說法，非妖不是無法表現生命活動的族群嗎？」親身經歷過好幾起妖怪事件的林筱筠，隱隱察覺到似乎有哪裡不對勁。

「錯了，並不是被非妖給纏上。」無名土地神淡淡接口，「正確來說，是那對姐妹不正常的存在狀態，產生了非妖。所謂的『雙頭蛇』即為她們本身，僅此而已。」

不管是萬里還是林筱筠，聽到這邊時都不由自主地愣了半秒。

雙頭蛇，即為紀家雙胞胎姐妹本身。

出生時腰臀相連的夏晴、雨晴，正如雙頭蛇般，以違反自然的方式降生在世界上。

「你們應該聽過這個傳說吧——看見『雙頭蛇』的人，將會在數日內面臨死亡。」

無名土地神就事論事地說了下去。

「自古以來，長著兩顆頭的蛇，就被視為不祥與死亡的象徵。這類有悖於自然認知的存在，往往會替自身以及周圍的人帶來不幸，所以才被當作妖物、神靈所恐懼著……」

「請稍等一下，后土大人。」萬里疑惑地皺起眉頭，「您說的這些……不都是鄉野傳說而已嗎？實際上，雙頭蛇和連體雙胞胎的出現，都只是細胞裂變不完全的一種結果，和妖怪、非妖應該沒什麼關係才對。」

「本神並不是說，非妖是導致連體雙胞胎出生的原因。」無名土地神耐心地往下說明：「而是相反過來，因為連體雙胞胎的誕生，才有了『雙頭蛇』的非妖。」

「因為夏晴、雨晴的誕生，才產生了『雙頭蛇』的非妖……？」林筱筠按住額頭，這種先有雞還是先有蛋的邏輯論，把她搞得有些暈頭轉向。

「這麼說吧，『雙頭蛇』這種非妖，正是世界為了修正『不應出現的複製品』而降下的詛咒。」

神龕前，線香的煙霧如同毒蛇般，在空氣中冉冉竄動，偶爾出現的分岔，也很快在上升氣流的影響下消失無蹤。

「原本作為唯一物件存在的生命，因為遭遇意外而一分為二，『雙頭蛇』就是為了這個修正錯誤而出現，並將死亡附加在脫離正軌的個體上，直到『不應出現的複製品』被排出世界為止。」無名土地神的語氣嚴肅。

「是那對雙胞胎姐妹的存在，引來了非妖『雙頭蛇』。如果繼續不做任何處置，寄宿在她們身上的強烈死亡氣息，將會漸漸侵蝕身軀，甚至是周圍的人們，最後在成年前迎來死亡。」

死亡。

無比沉重的兩個字打在一人一貓頭上，讓小廟內陷入短暫的沉默。

「沒有阻止的方法嗎？我們總不能看著夏晴、雨晴她們慢慢被『雙頭蛇』侵蝕，什麼也不做吧？」和紀家姐妹熟識的林筱筠忍不住開口追問。

「解決方法自然是有的，而且實行起來並不困難，只是你們需要做好一定程度的心理準備。」

「什麼樣的心理準備？」萬里不禁目光一緊，他從無名土地神的語氣中，查覺到隱隱縈繞的危險氣息。

「『雙頭蛇』本就是為了修正『不應存在的複製品』而出現，既然如此，只要先一步去除複製品的存在，自然能驅散寄宿在體內的非妖。」無名土地神不帶絲毫感情的話語，在小廟內激起陣陣回音。

「簡單來說，雙胞胎的其中之一，必須為了自己的姐妹放棄生命。」

隔天早晨，太陽依舊高高掛在東方的天空上。

通勤時間的高中校門前，擠滿了身穿制服的男、女學生們，難得準時到校的金髮男孩混在其中，顯得一點也不起眼。

對大多數人來說，這只是再平常不過的景象。但對昨晚才聽說某個震撼事實的萬里來說，如此自顧自運轉著、將時間不斷往前推進的世界，似乎稍嫌冷血了些。

每分每秒過去，夏晴、雨晴的生命就一點一滴地受到「雙頭蛇」侵蝕，就算想替她們驅除寄宿在身上的非妖，也勢必得面臨殘酷的二擇一局面。

不是夏晴死，就是雨晴死。

萬里開始有點明白，無名土地神之所以說他「身為人類的資歷不足」是怎麼回事了。要自己在這對姐妹間做出選擇，決定誰「生」、誰「死」，難度果然還是太高了。

畢竟，一個人的生命，本就不是能輕易被另一個人所操縱、並蓋棺論定的。更何況萬里不過是區區一介高中生，於情於理，他都無法獨自背負這個責任。

然而……

作為「不自然之物」誕生於世的雙頭蛇，注定得砍下一顆頭顱才能繼續生存，否則死亡就會先一步將其吞噬。

萬里明白這個道理。

在他猶豫的時候，代表死亡的黑色氣息也正緩慢、確實地侵蝕紀家姐妹的身軀。

無論自己願不願意，想要幫助她們，就只能選擇其中一人，並將另一人捨棄。這讓人生經歷僅僅十多年的萬里，感受到了前所未有的巨大壓力。

該怎麼做？該選擇夏晴，還是雨晴？

和兩姐妹都只有數面之緣的萬里，陷入了兩難的糾結之中。

當然，他大可把問題丟回給紀家姐妹，讓她們自行找出答案，甚至用丟銅板這類將一切交給命運的方式來做決定。但本性溫柔的萬里，自然無法做出如此不負責任的行為。

根據無名土地神的說法，驅除「雙頭蛇」的儀式，最終還是得由土地守護者來執行。換句話說，夏晴和雨晴其中一個人的生命，注定會在他手中香消玉殞。

這樣的事實，讓萬里內心感覺沉甸甸的，久久無法恢復平靜。

——這就是所謂的「身為人類的資歷不足」嗎？

萬里不禁如此自問。

如果上一任守護者楊百里還健在，或許能更妥善地處理事件，但眼下並沒有人能替他分擔責任。就算資歷不足也好、決心不夠也罷，驅除非妖「雙頭蛇」的任務，只能落到自己肩上了。

現在並不是能不能做到的問題，而是「必須去做」。

人類成年的年齡有許多種定義，現年高中一年級的紀家姐妹，身體方面無疑已臻成熟，這麼一想，留給她們的時間恐怕不多了。

因此，無論想做出怎樣的處置，都必須盡快展開行動。

「難度未免太高了吧……」爬上校舍樓梯時，萬里忍不住沮喪地吐了口氣。

「什麼難度太高？」

「咦？青雪同學，早安啊。」

不知何時，萬里身邊多了道熟悉的身影。

一如既往面無表情的狐妖女孩，踏著包裹在黑絲襪下的雙足，悄然來到金髮男孩身邊。

儘管對青雪難得主動打招呼的行為感到有些意外，萬里還是和善地露出笑容。

「今天真早啊，青雪同學。」

「你也是。」狐妖女孩冷哼了一聲。

兩個遲到慣犯就這樣並肩走了一小段，直到踏上樓梯盡頭，青雪才再度打破沉默。

「楊萬里，你還沒回答我的問題。」她斜眼盯著比自己高出一顆頭的金髮男孩，緊咬前一個話題不放，「剛剛在樓下的時候，你說什麼東西的難度太高？」

「這個嘛……」萬里不禁苦笑，考慮著該不該將眼前的難題告訴對方。

雖說這方面的事情，讓青雪知道也沒什麼關係，但畢竟牽涉到紀家姐妹的隱私，在未經同意前，萬里還是傾向盡量不讓消息外流。

「最近在工作那邊碰上的事情有點棘手，所以正在煩惱該怎麼解決。」萬里巧妙地避開了核心部分，以讓一般人聽見也無傷大雅的方式，輕輕帶過事件邊緣。

青雪沉默了一會，眼見萬里沒有往下說明的意思，也就懶得繼續追問。她微微撇了撇嘴，加快腳步，逕自往教室的方向走去。

「小心別隨隨便便死了。」

「遵命。」萬里穩穩接住青雪拋在背後的話語。

儘管早已熟悉狐妖女孩彆扭的個性，但這種表達關心的方式，還真是讓人難以習慣。

萬里無奈地抓抓頭，跟在青雪後頭走向教室。

第一節課才剛開始，收到新訊息的震動聲就從萬里的手機傳來。

寄件者是昨天才剛加入好友列表中的「SunnyDay」。

——調查結果如何？

兩秒後，一則新訊息又跳了出來，這次是來自另一位好友「RainyDay」。

——今天有時間碰面嗎？楊萬里同學。

從使用者名稱來看，「SunnyDay」多半是紀夏晴，而「RainyDay」自然就是紀雨晴了。

這種你一句我一句的講話方式，確實很有她們倆的風格，想起那對雙胞胎姐妹彼此打鬧的模樣，萬里不禁勾起嘴角。

但一想到接下來自己得親口將驅除「雙頭蛇」的方式告訴她們，金髮男孩的臉色就迅速沉了下來。

——放學有空的話，可以約在校舍頂樓見面？

將兩條一模一樣的訊息分別傳給夏晴、雨晴後，萬里將手機塞回口袋。

難得今天籃球校隊的訓練休息一回，正好拿來和紀家姐妹商討對策。

接下來一共八堂課，加上午休的時間，就全部拿來思考該如何說明現況吧。

萬里揉了揉鼻樑根部，重新打起精神，把視線拉回黑板。

遠在教室另一頭的青雪，沒有放過金髮男孩的一舉一動，她微微瞇起雙眼，豎直成一線的瞳孔，隱隱綻放妖異的青光。

校舍頂樓。人類。蛇與蛇。

「我們身上寄宿著『雙頭蛇』的非妖？」

「你說的是真的嗎？」

夏晴和雨晴不約而同睜大眼睛，露出難以置信的神情。

大致把情況說明完的萬里，唯獨將解決方式扣著沒說，而是小心翼翼觀察著兩姐妹的反應。

在他的認知中，一般人要馬上接受「妖怪」或「異物」存在於身邊，是件相當困難的事情。尤其是在科技發達的現代社會，人們早已習慣將目光從散發不自然感的事物上移開，近乎一種自我保護機制。

因此，萬里原本就沒怎麼寄望夏晴和雨晴能一下子接受這個說法，但出乎意料的，兩姐妹除了一開始有些驚訝外，並沒有對此提出更多質疑，反而透出一股「果然是這樣嗎」的釋然情緒。

「妳們……好像不怎麼意外？」萬里左看看夏晴，右看看雨晴，忍不住開口問道。

「哎呀，我們也不是笨蛋好嗎？」夏晴抱起手臂，唇邊揚起一抹笑容，「前陣子發生在筱筠姐和關倩學姐身上的怪事，我們都聽說過了。」

「就是因為想著身上的怪病會不會和那類東西有關，才跑去找筱筠姐商量的，所以這樣的結果算是……意料之中？」雨晴從旁補充。

「原來如此。」萬里點了點頭，一時間不知道該如何接下去。

紀家姐妹能坦率接受「異物」的存在當然很好，也替他省去了詳加說明的麻煩。只是這樣一來，必須說明的事項就只剩下「驅除雙頭蛇的方法」而已了。

就連萬里自己，也還沒做好將這個殘酷事實說出口的心理準備。

「那，該怎麼把我們身上的『雙頭蛇』除掉？」夏晴隔著制服襯衫按住腰側，布料下方隱隱爬娑著蛇鱗的痕跡。

「你是這方面的專家吧？籃球隊的。」雨晴也湊了上來，雙眼中閃動著熱切的光芒，「有什麼相關的建議嗎？」

「嘛，就像我剛才說的一樣。」萬里清了清喉嚨，有些艱難地說道：「『雙頭蛇』是一種自然生成的非妖，目的是為了消除『不應存在的複製品』，聽筱筠學姐說，妳們做過連體嬰分離手術對吧？」

「是的。」雨晴馬上點頭。

「那就是我們被『雙頭蛇』纏上的原因嗎？」反應比較快的夏晴微微皺起眉頭，表情不禁有些古怪。「等等，你說這個雙頭蛇，是為了消除『不應存在的複製品』而出現在我們身上的？」

「沒錯，妳們兩姐妹本來應該是同一個個體，卻因為某種原因各自獨立開來，這種非妖就是為了修正這個錯誤而產生。」萬里輕輕張開合在一起的雙掌，如此解釋道。

「因為是『多餘的』、『例外的』、『不自然的』，所以才被世界本身認定為雜質，『雙頭蛇』就像是白血球那樣，負責把可能危害人體的病毒排除掉。」

「白血球？」

「是這樣啊……」

一旁的雨晴還歪著頭咀嚼這段話時，夏晴已經露出深思熟慮的神情。

「這麼說起來，要除掉這隻非妖，該不會得把我們其中一個人……」

萬里和夏晴四目相對，交換眼神的瞬間，女孩的臉色迅速緊繃起來。

「不會真是那樣吧？」

「很抱歉，夏晴同學，雨晴同學。」萬里深深吸了口氣，嚴肅地說道：「我恐怕沒辦法替妳們驅除『雙頭蛇』，要是擅自下手處理，上頭的死亡氣息會被激化、並反撲回來，到時候不只是我們三個，恐怕連附近的人們都會被捲進來。」

就像拆除危險的定時炸彈，一個處理不當，不只是拆彈員本人，連周圍的民眾都會遭受波及，非妖「雙頭蛇」便是這麼一種危險的異物。

「人類沾染上死亡氣息的話，會發生什麼事？」雨晴輕聲問道。

「會死。」理所當然的話語，從萬里口中落下。

纏繞在兩名女孩身上的長繩狀氣息，化為嘶嘶吐信的猙獰蛇頭，一左一右映照在萬里的雙眼中。

「就算是長期與『雙頭蛇』共存的妳們，在死亡的浸染下，也很難活過成年。這就是妳們的健康開始出現問題的原因。」

「可是……如果連你也沒辦法除掉『雙頭蛇』，那我們該怎麼辦才好？難道就只能慢慢等死嗎？」

面對雨晴焦急的追問，萬里緩緩豎起一根手指。

「就我所知，只有一個辦法。」

金髮男孩沉默下來，像是徵詢意見般，望向從剛剛開始就不發一語的紀夏晴。

「說吧。」注意到萬里的視線，夏晴裝作不在意地撇過頭，臉頰卻顯得有些蒼白，「反正我們也沒有其他選擇了。」

萬里在內心輕嘆了口氣，儘管事前已經模擬了許多次，真要把話說出口時，還是難免覺得沉重。

「既然『雙頭蛇』是朝著不應存在的複製品而來，那麼，只要刪除掉複製品本身，『雙頭蛇』自然也會隨之消散。」悄然引述無名土地神的言論，萬里緩緩抬起頭。

「夏晴同學，雨晴同學，妳們兩個之中，只有一人能活下來。」

冷風拂過校舍頂樓，藏身於水塔上方的青雪動了動狐耳，轉身躍入夕陽餘暉中。

——在身體狀況近一步惡化前，妳們兩個必須盡可能分開生活，這麼做能在一定程度上削弱「雙頭蛇」的力量。

走在歸家的路上，萬里不禁回想起自己提醒紀家姐妹的話語。

——不管是學校還是家裡，都盡量別長時間待在一起，我會等妳們做好決定。

看似貼心的叮囑，等於敲響了兩姐妹邁向抉擇的喪鐘。

那時夏晴及雨晴露出的複雜眼神，至今仍殘留在他的思緒中，久久無法消散。

即使是相對於同輩們成熟許多的萬里，要一下子接受現況都有些困難，更何況身為當事人的紀家姐妹。

她們內心的紊亂程度，恐怕是自己的百倍不止。

一想到這裡，無力感就不禁淹沒萬里的四肢，讓他的步伐漸漸沉重起來。

一道青色的身影，沿著灑落街角的路燈光線悄悄落下，踩上從金髮男孩腳邊延伸而出的影子。

察覺到背後的動靜，萬里緩緩停下腳步。

「還沒回家嗎，青雪同學？」

靜靜佇立在人行道上的青雪，打量著萬里略顯落寞的背影，沒有馬上開口。

萬里也不打算回頭，就這麼仰望暗下來的天空，等待對方主動發話。

「你打算怎麼做？」沉默半晌後，青雪才低聲問道。

沒頭沒尾的問題。

萬里輕嘆了口氣，唇邊隱隱溢出苦笑。

「妳都聽到了？」

「那兩個女的，只能活下來一個。」果斷無視萬里的詢問，青雪逕自說了下去，「所以你正在為此感到煩惱。」

「很明顯嗎？」萬里不禁有些訝異，雖說自己確實是為了這件事感到前所未有的糾結，但應該沒表現在臉上才對。

「你身上都是紊亂的味道。」青雪言簡意賅地答道。

「那到底是什麼味道啊……」

「為什麼要煩惱？」青雪的語氣相當平淡，就像在問「你麵線為什麼要加香菜」這類稀鬆平常的問題，沒有夾帶半點情緒，「不管她們最後選擇讓誰活下來，都和你無關不是嗎？」

「並沒有無關哦，青雪同學。」萬里苦笑著搖搖頭，「把這個選擇題丟給她們的人是我，既然如此，就得負起相應的責任才行。」

「……為什麼？」青雪蹙起眉心，有點無法理解萬里想表達的意思。

萬里思考了一會，才緩緩開口。

「妳想想看哦，如果夏晴同學、雨晴同學什麼也不知道，就這麼任由雙頭蛇侵蝕身體，兩個人肯定都會在成年前死去，對吧？」

「嗯。」青雪點點頭，這種基本到不行的道理她還是懂的。

「可是，我的出現，就讓問題從『該怎麼活下去』變成『該讓誰活下去』了。」萬里抬頭望向掛在夜空中的月亮。

與白天炙熱的太陽不同，清冷的月光替整座城市蒙上一層銀色光暈，使周遭景色柔和了些許。

「一旦變成這樣，姐妹倆就免不了會互相比較，『哪個人比較優秀』、『哪個人比較有活下去的價值』、『究竟誰是真品，誰是複製品』，這類平時不會觸及的問題。突然得認真考慮答案，其實是相當可怕的一件事。」

青雪默默咀嚼著這段話。

沒有兄弟姐妹，甚至沒有與人長期相處經驗的她，要一下子理解這種複雜的感情，果然還是太困難了點。

萬里自然也明白這點，所以他沒有馬上接著說下去，而是靜待了一會，才慢慢開始解釋：「照理來說，雙胞胎姐妹間的差異應該很小，但畢竟還是做為不同的個體生活著，長時間下來，不論是個性、興趣還是專長，都一定會出現差別，這是無可避免的事情。」

直到有一天驀然回首，原本作為同一個個體誕生的雙胞胎姐妹，已經產生了如太陽及月亮般的巨大差異。

「如果這時候把『誰應該活下去』的問題丟到她們面前，青雪同學，妳知道會發生什麼嗎？」

青雪張著嘴唇，過了好半晌才回答：「她們會……自相殘殺？」

「那是最糟的情況啦。」萬里忍不住苦笑，「我認為不會演變到那種地步，但姐妹間互相比較肯定是難免的。最後不管選擇讓誰犧牲，活下來的那個人，都會背負著罪惡感，以及『如果那時候活下來的是另一人』的可能性，走完這一輩子。」

不用說，那肯定是巨大到難以想像的壓力。

「人類的情感還真難懂。」青雪搖搖頭。

在她看來，是誰活下來都無所謂，光是能逃過兩人雙雙死去的命運，就已經大賺特賺了，根本沒什麼好糾結的。

講了老半天，青雪還是沒搞懂這到底關萬里什麼事。

「所以呢?你為什麼要煩惱?」

該說明、該提醒的都告訴紀家姐妹了，接下來明明只要袖手旁觀就好，金髮男孩卻仍舊滿臉凝重。

「有時候，能夠無知地死去也是一種幸福。」萬里意有所指地說道：「但我的出現，給了她們選擇，也改變了夏晴同學和雨晴同學的人生。正如同她們倆之中活下來的那個人必須背負起『生還者』的責任，我也得背負『更改他人人生』的責任。」

青雪望著萬里的背影，直到此刻，她才發現男孩的身板是如此高大、厚實。

比起無事一身輕的她，早早接任土地守護者職責的萬里，除了得確保人類及妖怪們的安全，還得處理發生在這片土地上的大小事件。也許正因為這樣，他才會磨練出如此成熟的性格。

萬里全身勻稱的肌肉線條，便是將各種責任扛在肩上不斷前行的結果。

所以他不可能對紀家姐妹袖手旁觀，也不會把「改變他人人生」的責任推卸掉。

而是選擇一肩扛起。

「你太亂來了，楊萬里。」青雪淡淡地說道。

如果說夏晴、雨晴之中活下來的那個，必須一輩子背負另一人逝去的生命，那麼萬里的做法，就是打算一口氣肩負起兩姐妹的人生。

直到此刻，青雪才總算能理解萬里的感受，以及他之所以一臉凝重的原因。兩人份的人生，那根本……不是一個高中生能獨自承受的規模。

「不是亂來，是必須做到啊。」萬里微微回過頭，展露令人安心的笑容。

這就是他之所以強大的原因。不逃避、不推卸責任，甚至把所有難題都攬在身上，這才造就了萬里超齡的成熟。

事實上，包括林筱筠、葛葉、關倩在內的女孩們，都是因萬里主動伸出援手而得救。就連青雪自己也一樣，在不自覺間開始依靠這個年輕的守護者。

也許因為臉上總是帶著隨和的笑容，才讓大家忘記萬里也只是個年僅十六歲的普通人類。直到回過神來，才發現這個男孩身上已經背負了太多太多。

儘管如此，萬里也沒有抱怨過半句。

「你是怪物嗎？」青雪半睜著眼說道。

「被青雪同學這樣說，感覺還真奇怪。」萬里上揚的嘴角不禁透出一絲無奈，旋即一正臉色。

「對了，青雪同學，有關『雙頭蛇』的事情，還請妳不要隨意說出去，畢竟這關係到夏晴、雨晴同學的隱私……」

「我知道了。」青雪點點頭

反正她基本上也不太和別人說話，要洩漏祕密的可能性近乎為零。

「那麼，我差不多也該回去……」

「等一下。」青雪踏出一步，踩響腳下的皮鞋鞋跟。

儘管沒有伸出手挽留，狐妖女孩犀利的眼神，仍舊讓萬里不得不停下腳步。

「怎麼了嗎？青雪同學？」

「有件事情，你還沒告訴我。」青雪對著金髮男孩的背影淡淡說道。

直覺告訴她，除了「兩人份的人生」外，萬里似乎還背負了其他東西。

「既然不讓那對姐妹自相殘殺，那麼，當她們決定好哪個人要犧牲的時候，誰來負責執行『消除複製品』的任務？」

面對這個問題，萬里沉默了好一會，才用力呼了口氣。

「青雪同學，一般狀態下，要人類主動放棄生命，是相當困難的一件事情，妳應該能理解吧？」

「嗯。」青雪點點頭。

這點換作是一眾妖族也沒什麼不同，「生存」本就是有形之物最重要的本能。

「所以說，要求夏晴同學她們倚靠自己的力量驅除『雙頭蛇』，是不切實際的想法。萬一中途出了什麼差錯，情況也有可能變得更糟。」萬里轉過身，眼神中充滿決心的光芒。

「沒有意外的話，應該得由我來動手。」

第二章——見蛇必死・貳

傾盆大雨。

夏季特有的悶熱驟雨，大肆襲擊剛開始午休的高中校舍。滂沱雨勢沖刷著建築，讓走廊到處都積滿大大小小的水窪。

配合著午休時間，教室裡的照明也一一熄滅，整座校舍陷入慵懶的沉睡。

原本正打算小睡片刻的萬里，查覺到口袋裡的手機傳來微微震動，於是起身離開教室，來到男生廁所旁，檢視剛收到的訊息。

寄件人是「RainyDay」。

訊息的內容相當簡略，只有短短一句「午休時能不能見面」，看得出對方是匆忙間決定傳訊的。

姑且先回了「ＯＫ」之後，萬里立刻補上一則詢問碰面地點的訊息，並很快得到了回覆。

——那就西棟教學樓五樓，不好意思這麼突然。

文字末尾還加了個「萬分抱歉」的鞠躬小蛇貼圖，看起來十分可愛。

「西棟教學樓啊……」萬里抬起頭，越過凶猛的雨勢往對面的教學樓望去。

和高中各班級教室相隔甚遠的西棟大樓，大多配置著實驗室、電腦室、圖書館等專科設施，休息時間基本上不會有人在那邊逗留。尤其是走廊四處積水、有些寸步難行的此刻，西棟教學樓大概……不，肯定是校園內最隱密的談話場所了。

小心翼翼跨過面前的積水，萬里快步往走廊另一頭走去。

雨。雨。雨。雨。雨。雨。

雨晴。

西棟教學樓五樓，少女正等待著他。

凝望著垂落的雨幕，雨晴像是在思索什麼般，露出出神的表情。

她甚至沒有發現從遠處靠近的萬里，只是定定望著紛亂的雨絲，嘴唇緊抿。

「呃，抱歉，等很久了嗎？」就這麼盯著人家看也不是辦法，萬里有些刻意地清了清喉嚨。

果不其然，突然橫插進來的聲音讓女孩嚇了一跳。雨晴急忙回過頭，認出萬里的身影後，才放鬆下來。

「沒有，我也才剛到而已，不好意思突然把你叫出來，籃球隊的。」即使盡力從嘴角擠出笑容，也掩蓋不了氣色相當差的事實，寄宿著一半「雙頭蛇」的雨晴，明顯還沒從昨天的震撼中恢復過來，就連挑染過的瀏海都有些沒精神地下垂著，完全感覺不到前幾次見面時的活力。

「叫我萬里就好。」萬里抓抓頭，直到這時才發現，自己一直是透過瀏海挑染的位置來判斷兩姐妹的身分，挑染左邊的是雨晴，挑染右邊的是夏晴。

假如今天兩姐妹同時戴上帽子，又或是一起把頭髮染回原來的顏色，要他分辨誰是誰恐怕就難了。

畢竟夏晴和雨晴在身形和外貌上幾乎一模一樣，若不是與她們相當熟識的人，單憑肉眼實在很難區分出兩人的身分。

那綹挑染的瀏海，或許正是兩姐妹考慮到這點而刻意做出的特徵。

這麼一想，夏晴和雨晴，可能遠比想像中的還早意識到自己身為「複製品」的事實。

「找我出來有什麼事嗎？雨晴同學。」萬里來到女孩身邊，一開口就直奔正題。

兩人並肩望著灰濛濛的天空，溼氣在四周盡情綻放，將走廊一角與外部的世界徹底隔絕。

「我有問題想問。」雨晴定了定神，轉頭望向身旁的萬里，「昨天你說的，我和夏晴之中只能有一個人活下來的事情，應該不是騙人的吧？」

「當然不是騙人的。」萬里直視雨晴的雙眼，神情認真，「我知道這聽起來很難接受，但繼續拖下去的話，『雙頭蛇』對身體的侵蝕只會越來越明顯，妳們應該也感覺得出來吧？」

雨晴默默點頭，下意識地按住後腰處。

那裡盤據著大面積的分離手術疤痕，此刻則透過衣物布料，散發出濃烈、冰冷的死亡氣息。

「沒有別的解決方法了嗎？」

「抱歉，就我所知，那是驅除『雙頭蛇』唯一的辦法。」萬里歉然說道。

「這樣嗎……」雨晴默默望向遠方，任由夾帶溼氣的微風吹起髮絲。

比起雙胞胎姐妹夏晴的活潑爽朗，雨晴似乎又多了點透明感，這讓偶然發現兩姐妹不同之處的萬里感到有些新鮮。

「對了，夏晴同學今天沒來學校嗎？」

「嗯，按照你的指示，現在我們兩個會輪流上課。來上學的那個人，晚上會去住筱筠姐家，就這樣盡量錯開活動時間。」雨晴整個人轉過身，正面面對萬里。

「雖然這麼問對替你掛保證的筱筠姐有點不禮貌，但是……我們真的可以相信你吧？只要其中一個人犧牲自己，另一個人就能得救，這件事是千真萬確的，對吧？」

「我可以保證消息來源是可靠的。」萬里如此表示。

畢竟情報是來自貨真價實的神明，其確定性應該是沒什麼好質疑的。

「這樣的話……」雨晴上前一步，將手掌輕按在胸口，「我來吧，讓夏晴活下來，由我來承擔『雙頭蛇』的非妖。」

萬里的氣息一滯，定睛望向面前的女孩。

「雨晴同學，妳明白『獨自承擔雙頭蛇』意味著什麼嗎？」

「會死。」雨晴的神情相當堅定，原先堆積在臉龐的沉鬱一掃而空，「但也沒有其他辦法了，不是嗎？」

萬里沉默了半晌，才緩緩開口。

「這個決定，妳和夏晴同學討論過了嗎？」

「還沒有。」雨晴緊緊捏住裙子的下襬，指尖不禁有些顫抖。

直到說出來的那刻，她才真正感覺到「死亡」攀附全身的龐大壓力。

身邊的一切事物，像是黑白照片般失去光彩，就連雨聲、風聲和眼前金髮男孩的身影，都漸漸離她遠去。

光是接受「自己將很快迎接死亡」的事實，就令雨晴幾乎陷入窒息，呼吸在不自覺間變得相當急促，冷汗也悄悄滑下背脊。

萬里也察覺到了女孩的恐懼，他知道馬上要她冷靜下來實在太過強人所難，於是靜靜伸出手，按住雨晴的肩膀，將體溫和穩定感確實傳遞過去。

一段時間後，雨晴才慢慢恢復平靜，萬里見狀也收回手，稍稍後退一步。

「雨晴同學，雖然由我來說這種話有點奇怪，但我覺得，這件事情妳最好還是和夏晴同學討論過後再決定會比較好。」

「不能那樣做。」雨晴別過臉，望著走廊外垂落的雨幕，「我了解夏晴，如果今天丟硬幣的結果是她先輪班上學，夏晴肯定會直接來找你，然後瞞著我把事情了結掉。」

「所以妳才這麼急嗎？」萬里終於有點了解雨晴處處透露焦躁感的行為是怎麼回事了。

即便本能地抗拒死亡，雨晴仍然拚命克服恐懼，就為了早夏晴一步來到萬里面前。

「你一定很想問，既然這麼怕的話，把問題都丟給夏晴解決不就好了。」雨晴低笑了一聲，眼神中卻沒有半點笑意，「之所以這麼做，是因為比起我，夏晴更有活下去的價值。」

「為什麼這麼說？」萬里耐心地問道。

「你和我們兩個不熟，所以可能不清楚。」雨晴像是準備切腹自盡的武士，深深、深深地吸了口氣。

「除了外表以外，夏晴在各種方面都遠遠勝過我，我才是那個……『不應存在的複製品』。」

萬里不由得沉默下來。

原本這種時候，他應該適時地安慰雨晴，告訴她事情並非如此。但對紀家姐妹不甚了解的萬里，並不想用如此空泛的言語來安慰人，於是只好保持沉默。

「夏晴她，從小不管是體育還是成績，都表現得比我好，就連個性也是，既活潑又風趣，和所有人都能馬上成為朋友，大家都很喜歡她。」雨晴凝視著傾盆大雨，平靜地述說著。

「而我只是……努力模仿著夏晴的一舉一動，模仿她說話的方式，模仿她笑的樣子，簡直像是躲在她的影子裡一樣，只要離開夏晴身邊，我就什麼也做不好。」

「所以妳才說自己是『複製品』嗎？」萬里輕嘆。

「在你講解『雙頭蛇』的特性時，我就知道了，自己才是那個多出來的蛇頭，只不過是夏晴的累贅。」雨晴閉上雙眼，隨風勢濺入走廊的雨絲落在她的臉龐，傳來陣陣涼意。

「一直以來，我都是透過模仿夏晴的方式來保護自己，裝出活潑開朗的樣子，以免招來異樣的眼光，但那根本不是我。」

在萬里眼中，雨晴的身影像是隨時會被雨幕吞噬般飄搖不定。

「就像第一次見面的時候，我和夏晴不是給你看了背後的疤痕嗎？」按著烙有菱紋狀傷痕的腰側，雨晴的嘴角浮現一絲笑容。

「其實我很排斥在男性面前露出肌膚，但夏晴一進門就二話不說地脫起衣服，我也只好跟著照做。」

「這部分，還是希望妳能堅持一下自己的原則啊。」回想起當時的光景，萬里不禁苦笑。

雨晴也無奈地笑了笑，旋即恢復平靜。

「從小到大，都是夏晴在袒護我、幫助我。所以，應該放棄生命的是我，該活下去的是被大家愛著的夏晴，這樣對所有人都好。」

「所謂『價值最大化』的論點，是嗎？」經過這席話，萬里才慢慢回想起幾次和紀家姐妹交談的細節。

雨晴似乎總是晚夏晴一拍表達意見，也從來沒有展現大膽的一面，這或許就是兩姐妹的不同之處。

比起夏晴，雨晴更內斂、害羞一點，僅此而已。

「雨晴同學，妳害怕死亡嗎？」無視早前話題的進展，萬里突然問道。

雨晴愣了愣，才緩緩點頭。

「當然怕，不只是午夜夢迴的時候，就連現在也怕得不得了，光想到自己很快會死，身體就會忍不住發抖。」

她更加用力地捏住裙襬，咬緊嘴唇。

「但是，如果能讓夏晴活下去，我願意做任何事。」

「這樣嗎……」萬里默默思考了片刻，突然伸出手來，朝女孩面前探去。

查覺到對方正準備做些什麼的雨晴，不由得全身僵硬，眼神裡寫滿恐懼。

儘管如此，她仍然沒有逃開，而是緊閉雙眼、屏住呼吸，靜待萬里的手緩緩逼近。

指尖在距離雨晴咽喉前的數公分處停住，最後輕輕放在女孩的頭頂上。

「這樣就很夠了。」

「？」雨晴睜開眼，有些不解地望著萬里的笑容。

「能有這樣的決心，就足夠證明雨晴同學不是誰的複製品，而是獨一無二的存在。」萬里篤定地說道：「本來『不應存在的複製品』，就是這個世界擅自認定的結果。在我看來，不論是夏晴同學還是雨晴同學，都是努力走在自己的道路上的真正的人類。」

「你是這樣認為的嗎？」雨晴低下頭，在萬里的安撫下，纏繞全身的緊迫感似乎減輕了些。

「總而言之，距離妳們的身體狀況完全惡化還有一小段緩衝時間，所以還不用急著做決定。」萬里收回手，換上正經的神色。

「這段期間，我也會盡力找找看有沒有其他解決方法，只是……不要抱太大的期望會比較好。」

「我知道了。」雨晴緊握住雙手，眼神略顯搖曳，「我會做好心理準備的。」

萬里望著面前的女孩，內心不由得有些感嘆。

如果楊百里還在的話，也許就能想出神來一筆的辦法，將無名土地神的建議扔在腦後，一口氣把夏晴和雨晴從鬼門關前拯救回來。

或者，至少不讓兩姐妹產生如此徬徨的心情。

「對不起，是我的能力不夠，沒辦法真正幫到妳們。」回過神來，道歉的話語已經衝口而出。

雨晴搖搖頭，倒映在水窪中的身影顯得有些單薄。

「光是有人願意對我們伸出援手，就已經沒什麼好奢求的了。」

綿密的雨幕環繞在周圍，讓女孩的聲音如耳語般細微。

「還有，謝謝你對我這麼溫柔，這還是我第一次被夏晴以外的人這麼對待。」雨晴嫣然一笑，「我開始有點懂筱筠姐為什麼會這麼信任你了，籃球隊的。」

雨晴坦率的言語，讓萬里不由得有些感嘆。

能夠毫不矯飾地表達心中的感情，就足以證明眼前的女孩並非「不自然之物」。究竟世界是以何種標準斷定她們不應存在，甚至為此降下死亡？

還真是……讓人覺得有夠不公平。

「時間差不多了，我們回去吧。」雨晴拿出手機看了看，悄悄往萬里身邊踏出一步。

「那就走那邊的樓梯……喔喔？」

在萬里反應過來前，雨晴已經將額頭靠在他的肩膀上，在唇前靜靜豎起食指。

「我不會跟筱筠姐搶的，所以，現在能先借我靠一下嗎？」

一時間不曉得該做出什麼反應的萬里，乾脆任由雨晴靠在肩上，自己則遠望著大雨籠罩下的高中校舍。

藉著這個動作，將臉部表情巧妙隱藏起來的雨晴，叫人猜不透她在想什麼。

經過僅僅十數秒，雨晴就重新抬起頭，行若無事地退開。

「走吧，要是被教官發現我們偷溜出來可就麻煩了。」

「真變成那樣，我就在學號被看見前馬上轉身逃跑。」

「呃，我覺得就算不看學號，教官也知道你是誰啦。」

「也是。」萬里摸著自己顯眼的金髮，展開笑容。

兩人在大雨的包圍下，往樓梯口走去。

稍稍落後一步的雨晴垂下目光，把剛剛從男孩身上汲取下來的溫暖盡可能烙印在心中。

比起愛戀之情，她主動向萬里尋求接觸的動作，更像是在紊亂的黑暗中尋找安定感。

話雖然此，僅僅是片刻的接觸，就讓雨晴的臉龐染上一抹薄紅，這讓她不禁有些後悔自己剛剛的衝動。

幸好眼前的金髮男孩似乎不是會因此胡思亂想的類型，只希望明顯對萬里有好感的筱筠學姐別介懷就好。

另一方面，走在雨晴前頭的萬里，此時正默默思索著有關「雙頭蛇」的事情。

直到現在，他才隱約察覺到某件事實。

目前能驅除「雙頭蛇」的方法只有一種，也就是「消除其中一個複製品」，達到世界認知的平衡後，非妖自然會隨之消散。

這個解法，畢竟是出自無名土地神之口，正確性固然不容質疑，卻未必是唯一一種能驅除「雙頭蛇」的方法。

所謂「最佳解，未必是唯一解」，開始考慮這種可能性的萬里，腦海中瞬間閃過好幾個方案，卻又一一畫上叉叉。

鬱悶的嘆息，不由得從萬里唇邊漏出。

到頭來，自己擔任守護者的資歷還是太淺，連個像樣的B計畫都想不出來。

直到與雨晴分別、獨自回到教室後，萬里還是沒能得到更明確的解答，就這麼度過下午課程，迎來放學時敲響的鐘聲。

拖著剛完成球隊訓練的疲憊身體，萬里在回家的路途上，同樣反覆琢磨著是否有除了「消除複製品」以外的驅除雙頭蛇方法。

如果是楊百里的話，他會怎麼做？

每次思考遇到瓶頸時，這個疑問都會不由自主地浮現在腦海中。

然而，老經驗的土地守護者已經不在了，現在的萬里，只能盡可能運用手上的資源來試著解決問題。術法、體力、智慧、人脈……

人脈？

萬里抬起頭，緩緩駐足在十字路口。

斜對角的小店籠罩在一片陰森氣息中。

除了不透光的霧面玻璃門，以及寫有「青丘商品行」的橫幅招牌外，什麼裝飾也沒有，一副拒人於千里之外的模樣，讓人不禁懷疑這「商品行」的字樣會不會是寫心酸的。

「如果是她的話……」萬里若有所思地喃喃低語。

雖說楊百里早已駕鶴西歸去了，但這座城市仍留有他的昔日友人，或許……或許能從那裡得到有別於無名土地神的建議？

抱持著試試看不要錢的心態，萬里橫越斑馬線，推開「青丘商品行」積滿灰塵的大門。一踏進室內，如叢林般層層疊疊、幾乎要頂到天花板的箱子堆就映入眼簾，將視線徹底遮蔽住。隨著玻璃門在萬里身後緩緩關上，一縷隱約的香氣也迅速竄出，繚繞在周圍。

「哎呀呀，都看看是誰來了。」沒等萬里往裡頭探去，一道甜膩的嗓音就從商店深處傳來，「年輕的守護者啊，今日造訪是為了滿足肉體的欲望嗎？抑或是為了交易什麼而來呢？」

撩亂的媚聲忽上忽下、忽左忽右地迴盪著，讓人分不清對方究竟是從哪裡發話。

萬里無奈地抓抓頭，為了不在故弄玄虛的商店主人身上浪費太多時間，他默默從背包中翻出一張符咒。

雙指一豎，符咒立刻放出金黃色的光芒，如紙卡般迅速硬質化。

「等等等等等！」

沒等上膛完成的擊暈咒脫手，一道嬌小的身影便從成堆的木箱及紙箱後方竄了出來。

狐耳。狐尾。尾。尾。

「二話不說就扔符咒什麼的，楊家的小鬼，你也未免太過分了吧！」一路撞倒幾個擋道紙箱、連滾帶爬衝到萬里面前的，正是青丘商行的主人，堂堂三尾狐妖——澄露。

曾經在這記咒法上吃過苦頭的她，這回可不想再用臉去接擊暈咒了，於是果斷現身。

「沒辦法，感覺什麼也不做的話，小露兒妳會自顧自地表演很久。」萬里晃晃手指，符咒上的金光立刻消失無蹤，「這就跟跳過影片前面的廣告差不多意思，還請見諒。」

「呶呶呶呶……你這傢伙……」小露兒咬牙切齒地直瞪眼，恨不得撲上去把萬里一口吞了。

「抱歉啦，我只是沒想到妳又會玩起這種假扮狐妖採捕的遊戲。」萬里笑著揉揉小露兒的頭頂，把柔順的金色髮絲弄亂，「怎麼突然又搞起這套？我還以為妳看到熟人就不會裝神弄鬼了。」

「還不是最近都沒人來找我，實在有點寂寞嘛……」頭頂的狐耳在萬里的撫摸下略為低垂，小露兒露出失落的表情。

偌大的商行靜悄悄的，除了成堆的木箱和紙箱，什麼也沒有。如果一個人長期待在這種地方，確實很容易感到寂寞。

也難怪小露兒發現萬里來訪時，會不小心興奮過頭了。

「所以呢？今日造訪本店所為何事？」小露兒睜著圓滾滾的大眼睛，歪頭問道。

「小露兒，妳有聽過『雙頭蛇』這種非妖嗎？」萬里正色問道。

隔天中午，萬里的手機再度收到訊息。

這次的寄件人換成「SummerDay」，訊息內容同樣也是詢問能不能在午休時和他碰面。

「該說真不愧是雙胞胎嗎……」萬里忍不住苦笑，趁著班上同學都不注意時，偷偷溜出教室，往東棟教學樓進發。

趴在桌上假裝睡著的青雪，悄悄從臂彎裡抬起臉龐，豎直的瞳孔中，映出金髮男孩離去的背影。

陽光普照。

位於校園東側的東棟教學樓，是以低矮建築為主體的舊校舍，經過歷年翻新後，已經沒有學生班級常駐，而是作為倉庫或社團室來使用。

和西棟教學樓的狀況一樣，午休期間這邊幾乎沒有人會經過。

「喲，籃球隊的。」遠遠看到爬上樓梯的萬里，夏晴舉起手向他打招呼。

「叫我萬里就好。」萬里將手掌擋在額前，遮擋刺眼的正午陽光，順口糾正紀家姐妹替自己取的奇怪綽號。

兩人在三樓的走廊中央會合。

一接近到足以談話的距離，夏晴就停下腳步，劈頭扔來一個問題。

「昨天，雨晴來找過你了吧？」

「嗯。」萬里點點頭，沒有隱瞞的意思。

也許是前一天和雨晴談過的緣故，像這樣和夏晴面對面的時候，便能很快察覺到兩姐妹間的細微差距。

相較於雨晴，夏晴不論是眼神還是氣質都顯得自信許多，舉手投足也相當俐落，處處散發著團體核心人物的感覺。

「雨晴她……對你說了什麼？」夏晴咬住嘴角，眼神有些游移不定。

「雨晴同學和我大致談了一下應對『雙頭蛇』的方法。」萬里謹慎選擇著用詞，「我建議她在做決定前，先和妳談談……」

「沒什麼好談的。」夏晴果斷攔截萬里的話語，神情堅決，「由我來承擔驅除『雙頭蛇』的後果，這麼解決事件就好。」

「啊啊，果然會變成這樣嗎……」萬里無奈地抹了抹臉，重新換上認真的表情。

「夏晴同學，妳應該知道要驅除『雙頭蛇』，會有什麼樣的後果吧？」

「我會死。」夏晴撇開頭，不帶感情地回答：「所以說，如果要拯救雨晴的話，我應該要馬上自殺才對。」

「妳說得沒錯。」萬里緩緩點頭，「夏晴同學，妳有自殺的勇氣嗎？」

「沒有。」夏晴坦然承認，「之所以拖到現在，就是因為我沒有親手了結自己生命的勇氣，所以我需要你幫忙。」

「要我幫忙……」萬里緊皺眉頭，正打算說點什麼，夏晴就上前一步，緊緊抓住了他的手臂。

「由你來動手，籃球隊的。」夏晴的眼神有些搖曳，指尖也微微顫抖著，直面死亡的恐懼，壓得她幾乎喘不過氣。

即便如此，夏晴仍然沒有表現出絲毫動搖，請求的話語，一字一句從唇邊吐出。

「拜託了，只憑我自己的話，什麼也做不到。但是我不能讓雨晴死在這裡，她必須活下去，雨晴才是更值得活下來的那個人。」

「為什麼這麼說？」萬里忍不住問道。

和雨晴談過之後，他一直認為夏晴是姐妹倆中比較有自信、也更受人喜愛的那個，應該不會像雨晴那樣，懷有一定程度的自卑感。

沒想到她也會說出與雨晴極為相似的話，這倒是萬里始料未及的。

「雨晴她……雖然和我比起來更害羞一點、反應也慢了一點，但是，她擁有我沒有的東西。」夏晴默默別開視線，握住萬里前臂的手掌不禁緊了緊。

「雨晴總是能注意到一些……別人下意識忽略的小地方，像是『這個人現在心情不好』、『那隻小狗好像走丟了』之類的，這些人們因為冷漠、不想惹上麻煩而刻意忽視的東西，雨晴一直都是正眼看著……所以她才總給人一種反應慢半拍的印象。」

因為分神注意著零零總總的細節，所以照理來說應該對等的演算速度，才總是落後自己的姐妹一些，這就是紀夏晴和紀雨晴間的決定性差異。

「『善良』就是雨晴擁有的寶物，和她比起來，我不過是個粗劣的複製品而已。」

夏晴深深吸了口氣，神色一定，「應該活下來的，是雨晴才對。」

女孩的言語鏗鏘有力，令萬里在此刻作出了某個決定。

「抱歉。」他輕輕垂下眼簾，「我不能答應妳的請求，夏晴同學。」

「……為什麼？」沒有料到會在這邊被打回票的夏晴，不禁一怔，「是因為不想淌這個渾水嗎？還是要你出手幫忙的話，需要預先準備報酬呢？」

「呃，我不是那個意思……」

不等萬里說完，夏晴就有些焦急地抓住他的衣角。

「要錢的話，我有從小存下來的壓歲錢，雖然不是很多……但如果還不夠的話，我願意幫你做任何事。反正也沒剩多久能活了，在『雙頭蛇』被驅除之前，你想對我做什麼都可以，所以說……」

——怎麼每個女高中生一說到要提供報酬，講的都是這套？

想起不久前的鐮鼬事件，萬里有些哭笑不得。

「所以說，妳先冷靜點。」金髮男孩伸出雙手，把瀕臨失控、一不留神就把話題帶往危險方向的夏晴稍稍推開。

「『去除複製品』的確是最簡便，也沒有後遺症的做法，但這件事牽涉到的不只妳一個人，夏晴同學，所以我不能答應妳的請求。」

「可是，這樣的話……」夏晴的臉色一變，「喂，等等，你該不會是打算讓雨晴犧牲吧？」

在萬里反應過來前，領口已經被夏晴從下方狠狠扯住，女孩奮不顧身地無視身高差距，咬牙將臉龐湊到萬里面前。

「要是你敢碰雨晴一根寒毛，我絕對拉你一起陪葬，聽懂了沒？籃球隊的！」

「夏晴同學，請冷靜。」萬里苦笑著舉起雙手，不禁有點頭痛，「先聽我說完，我並沒有要在妳們兩個之中選一個動手，相反的，我找到了一個辦法，也許能讓夏晴同學和雨晴同學都活下來。」

「咦？」夏晴睜大眼睛，顧不得解除兩人緊貼在一起的狀態，急急追問道：「兩個人都活下來？可是你之前不是說……」

「當然，這個辦法也伴隨極高的風險，要打比方的話，就像是賭桌上的梭哈那樣，不是大賺就是全賠，一翻兩瞪眼。」萬里攤開手，假想的籌碼從指縫間灑落，「如果這個方法成功了，就能在不犧牲妳們任何一人的前提下，消除『雙頭蛇』的威脅。不過，一旦失敗的話……我們三個都會死。」

「我們三個都……」沉重的言詞打擊在夏晴的心坎上，讓她不由得屏住呼吸。「那是……什麼樣的方法？」

「這部分我正要開始說明。」萬里靜靜說道。

把時間稍稍倒回去一點。

偌大的「青丘商行」內，一人一狐正相對而坐。

「驅除『雙頭蛇』非妖的辦法啊？」小露兒晃著毛茸茸的三條尾巴，偏頭思考，「把其中一顆頭砍掉不就好了？」

「就是因為不想這麼做，我才來找妳商量的。」萬里抱著手臂苦笑，「小露兒，有沒有什麼方法，能在不犧牲任何人的前提下，把『雙頭蛇』驅除啊？」

「哪可能有這麼好的事情。」小露兒用力從鼻尖噴氣，滿臉不以為然，「那可不是普通的妖怪，是一種世界排除異端的機制，哪有說驅除就驅除的道理。」

「說得也是……」萬里抓抓頭，不禁有些沮喪。

本來還寄望著小露兒能提供其他解決方案，但事情果然沒有這麼簡單。

「嘛，不過，你們的最終目標應該不是驅除那隻非妖，而是保住宿主們的性命吧？」小露兒捲著自己的尾巴毛，悠哉地輕哼道。

「既然如此，倒也還有一個辦法。」

「可以保住兩個宿主的性命，又能驅除『雙頭蛇』的辦法嗎？」萬里微微向前傾身。

「就跟你說不是『驅除』了，那種非妖是沒辦法被打倒或退治的，因為它根本就不是妖怪。」小露兒翻了個白眼，揮手要萬里暫時安靜，「不過『扭轉』的話，倒還有可能辦得到。」

「扭轉？」萬里眨眨眼，一下子反應不過來。

「你瞧，所謂的蛇，不就是和繩索類似的東西嗎？」小露兒鑽進紙箱堆裡，摸索著找出一段捆綁箱蓋用的粗麻繩。

狐妖幼女纏繞在手臂上的繩索，讓人不禁聯想到垂掛在枝枒間的毒蛇，只要一有風吹草動，細長的蛇身便會飛竄而出，將毒牙深深刺進獵物體內。

「繩索、蛇和死亡的命運，這三者都具備著能夠『扭轉』的特性，所以我們要做的，

不是驅除它，而是扭轉它。」小露兒將麻繩左彎右扭，任意塑造成她想要的模樣。

「改變形狀、改變方向，藉此修正呈現的結果，簡單來說，就是讓『雙頭蛇』不再具有致死的力量，而非驅除它。」

「這種事情，真的有可能辦到嗎？」萬里忍不住問道。

那可是從概念上徹底扭曲命運的作法，幾乎可說是逆天而行……不對，從眼前的例子來看，應該用「強行改運」來形容更為貼切。

「如果是妖怪的話，當然做不到，但因為『雙頭蛇』並非真正擁有生命，而是世界的『防衛機制』的一部分，才讓人有插手修改的餘地。」小露兒揮動著手上的麻繩，如此表示。

——就是說，非妖「雙頭蛇」是像電腦程式那樣的存在，只要用對介入的手段，還是能在一定程度上改變呈現的結果……應該是這個意思吧？

萬里默默在心中下了註解。

「那麼……小露兒，具體來說，我們到底該怎麼做？」

理論方面姑且是了解了，但實行上，萬里可是一點頭緒也沒有。

「說起來也不難，方法你應該已經聽過了。」小露兒向後靠在成堆的紙箱上，發出輕笑，「畢竟這個段子，可是有名到被人類的學者們編進教科書了呢。」

「哪一個段子？」萬里歪過頭，完全想不起自己有在哪個地方學過和非妖打交道的知識。

「沒印象了嗎？照理來說，應該是編纂在古文課程的教材裡，一個和蛇有關的故事。」

「古文課？和蛇有關的故事？」萬里不禁一頭霧水，這種提示對不怎麼花心思在課業上的他來說，實在不太友善。

「是那個……『鞭數十，驅之別院』嗎？」

「才怪！」小露兒一瞬間被自己的口水嗆到，開始連連咳嗽。

「鞭數十的那個是蛤蟆好嗎？你啃下的書都裝到哪個腦袋去了啊！」

「呃……那有關蛇的故事，是指哪篇？」萬里抓抓腦袋，不要臉地直接問解答。

「那個在回家的路上遇到雙頭蛇，最後把它打死埋進土裡的小鬼頭的故事啊！」

小露兒崩潰的大叫聲響徹整間商行。

以下為故事主旨。

有個日後成為偉人的小孩，在回家的路上遇到了象徵不吉的雙頭蛇，據說看到此物的人，都會在不久後暴斃身亡。

小孩回到家後，便將這件事告訴母親，並難過地表示自己將命不久矣，至於那條不詳的雙頭蛇，已經被他打死、埋入土中，如此一來，就不會再有人不小心看見雙頭蛇，沾染上死亡的命運了。

母親聽完後，安慰他說，這樣的善行一定會獲得好報，你不會死的。

最終，小孩順利地長大成人，並成為一國的宰相，可喜可賀，可喜可賀。

「唔，妳這麼一說，我好像有點印象。」萬里冷靜地點頭，擺出一副「果然不出所料」的模樣。

「要是真沒有印象可就慘了，現役的學子喲。」小露兒聊勝於無地吐槽了一句，接著鉅細靡遺地將「扭轉命運」的具體實行方法告訴萬里。

稍稍把時間調回現在。

「嗚哇，居然連雙頭蛇的故事都不知道，真虧你能考上這間高中哦。」夏晴半睜著眼，銳利的言語鋒刃往萬里的心窩直捅。

「咳，先不說那個。」萬里清了清喉嚨，巧妙地將話題從原處轉開，「總之，根據她的說法，要扭轉『雙頭蛇』所帶來的後果，實行起來並不算複雜。」

做法就和課本上記載的故事一模一樣。

萬里靜靜指著夏晴的腰側，直到此刻，那裡仍隱藏著蛇類生物特有的冰冷感。

「把寄宿在妳和雨晴同學身上的雙頭蛇引出來，狠狠揍一頓之後，再埋進這座城市的泥土裡，這麼一來，就能在一定程度上，扭轉『必定死亡』的命運。」

「欸?」夏晴張大嘴巴，完全沒想到如此亂來的方法，居然有奏效的可能性。「可是……不對吧?你之前不是說，非妖並不是可以被驅除的東西，所以才要我們做好心理準備……」

「不，並不是要『驅除』它，而是使用凌駕在非妖之上的力量，強行改寫『雙頭蛇』帶來的厄運，就像是故事中的那個小孩所做的一樣。」萬里這麼說明道，「說到底，『把雙頭蛇驅除』本來就是不切實際的想法。只要一碰觸到，就再也無法改變已經碰觸過的事實，我們能做的，就只有扭轉結果而已。」

「這種事情，真的辦得到嗎？」夏晴喃喃問道，從來沒和妖怪、異物這類東西打過交道的她，實在很難想像這個計畫付諸實行的樣子。

「理論上來說可以，但是難度相當高，風險也很大。」萬里嚴肅地回答，「就算僥倖成功了，『雙頭蛇』也不會就此消失，它仍會寄宿在妳們身上，只是換了一種形式而已。」

就算把引線剪去，也改變不了炸彈仍舊是炸彈的事實，只是從定時炸彈變成未爆彈而已。

「另外，為了避免世界意識到防衛機制失效，降下其他懲罰來排除異端，這一輩子，妳和雨晴同學都不能離開彼此太遠，需要時時刻刻保持『雙頭蛇』的完整狀態。雖然難免會不方便，但應該比現況要好得多。」

「那是當然了……」夏晴握緊拳頭，心臟不由得加速跳動，「解決方法和後果，我大致明白了，那麼，風險呢？如果這個辦法真有這麼多好處，應該不會等到現在，而是一開始就會提出來吧？」

「妳說得沒錯。」萬里點點頭，面色凝重了起來。

「這個計畫的關鍵，就在於『扭轉命運』的力量要足夠有壓倒性，如果控制不住『雙頭蛇』，那股被激發了的死亡氣息，就會吞沒在場的所有人。」

不用萬里說明白，夏晴也聽懂了話語中的意思。

一旦失敗了，夏晴、雨晴還有萬里，三個人都會死。

「我沒會錯意的話，那個負責扭轉『雙頭蛇』的人，應該是你沒錯吧？」夏晴壓低聲音向萬里確認。

金髮男孩默默點頭。

「那依你的判斷，成功機率大約有多少？」

「準備充分的話，大概……」萬里沉吟著估算了一會，最後露出恬淡的笑容。「有五成把握吧？」

五成。

夏晴吞了口口水，五成把握，意味著有一半機率會失敗，而為此推上賭桌的籌碼，是包括萬里在內的三條性命。

老實說，這實在不是個令人振奮的消息。

「如何？雖然風險很大，但我覺得還是有一試的價值。」萬里用認真商量的語氣說道。

「以我們的立場來說，就算只有百分之一的機率，也沒有不試試看的理由，只是……」夏晴偏開視線，盛夏的陽光映照在她的側臉，將半邊臉龐隱藏在陰影之中。

「你沒有關係嗎？為了兩個幾乎沒有交情的陌生人賭上性命，這樣……真的值得嗎？」

萬里默默將目光轉向遠方。對比起昨天的大雨，現在的天空可說是萬里無雲，即便如此，再好的天氣，也無法抹消縈繞在兩人之間的沉鬱。

為了拯救兩名素不相識的女孩，值不值得賭上性命？

這個問題，或許就是無名土地神有意無意間，隱瞞第二種解決方法的原因。

在祂的認知中，未來的守護者接班人，自然比「雙頭蛇」的宿主重要得多，才只告訴萬里「去除複製品」的辦法。

如果無名土地神知道萬里此刻的打算，恐怕會無所不用其極地試圖阻止吧？

「我不是什麼聖人。」萬里一字一句緩緩說道：「不過，這也不代表我能見死不救。」

他看著夏晴，展開平靜的微笑。

「況且，與其畏懼失敗的風險，我寧可把全副心力投注在提高成功率上。這樣的說法妳能接受嗎？夏晴同學。」

「唔……」夏晴不禁睜大雙眼。

陽光灑落在萬里挺拔的身影上，讓他一瞬間看起來像是英雄般，閃耀著光輝。

「……我好像有點明白筱筠姐看上你的原因了。」

「妳說什麼？」萬里露出詢問的眼神。

「沒事沒事。」夏晴揮揮手，強行擺出笑容，並沒有讓脫口而出的喃喃自語被對方聽到。

夏晴抹了抹臉頰，將隱隱泛起的紅暈抹去，重新恢復認真的表情。

「那個，籃球隊的……不，萬里，我可以相信你嗎？」

「要相信的話，就全力去相信那五成的成功機率吧。」萬里平靜地說道。

獨自坐在東棟教學樓屋頂的青雪默默抬起頭，望著遠方的白雲漸漸改變形狀。

雲氣奔騰間，一對猙獰的蛇頭凝聚在天空中，朝校舍的方向嘶嘶吐信。

第三章
見蛇必死・參

放學回家的歸途中，一道身影從巷口閃出，擋在萬里面前。

狐耳。狐尾。

金髮男孩緩緩停下腳步，環顧了周圍幾眼。

左側是一棟被鐵皮圍籬環繞的施工大樓，右側則是空蕩蕩的停車場。

鄰近黃昏的此刻，小巷中除了眼前的女孩外，再無別人。

那麼對方的目標，很明顯就是自己了。

「喲，青雪同學，真巧呢。」萬里舉起手，語調輕鬆地打了個招呼。

面對這種友善的舉動，青雪只是緩緩瞇起眼睛，沒有馬上應答。

「明知道我有事情找你，為什麼還要刻意擺出那種巧遇的態度？」

「嘛……」萬里無奈地笑了笑，重新拉緊背包的肩帶。

因為青雪平時那種有話不直說的彆扭性格，讓他反射性地繞了個彎，想透過這種方式來化解兩人狹路相逢的尷尬氣氛。

不過，今天的青雪似乎沒有往常的難溝通，是萬里自作多情了。

「楊萬里，你打算和那對蛇女雙胞胎一起賭上性命嗎？」狐妖女孩單刀直入地拋出問題，雙眼牢牢鎖住萬里的視線，讓他連逃避的機會也沒有。

「妳都聽到了啊？」萬里嘆了口氣。

「連續兩天在午休的時候溜出去，想不注意到也難。」青雪淡淡說道：「你應該知道，那個土地神之所以不告訴你第二種解決辦法，是為了什麼吧？」

「呃……」

「因為在祂的判斷中，你的命比起蛇女們的命還有價值，不值得拿來冒險。」青雪的瞳孔中閃爍著青光，話語中的溫度迅速降到冰點以下，「即使如此，你也要去賭那一半一半的機率嗎？」

「嗯。」這次萬里沒有繞圈子，而是坦率地點頭。

「是這樣嗎……」青雪低下頭，沉默了好一會。

「楊萬里，你有考慮到我嗎？」

考。慮。到。我。

直擊靈魂深處的一問，讓萬里頓時啞口無言。

青雪的問句相當簡短，所以可能涉及的層面很廣。

她的意思，究竟是問萬里是否在情感面上考慮到她？還是在利益面上考慮到她？抑或是在風險面？

以上猜測迅速在萬里腦海中閃過，然而，還沒等他得出答案，青雪就抬起臉龐。

「你應該還記得吧？我們身上的『契約』。」

「啊……」萬里聽懂了。

透過形式上的「婚約」締結眷屬關係，他才得以幫助青雪度過成長期妖氣不足的難關。

但是，假設唯一的眷屬也在意外中喪生，青雪恐怕又得面臨妖氣缺乏的困境。

這可不是萬里的本意。

「抱歉，是我沒有想清楚。」萬里垂下視線，向眼前的女孩致上歉意。

青雪默默看著他，低聲開口：「明知道是這樣，你也打算去救她們，對不對？」

「抱歉……」

這句道歉，等於變相肯定了她的猜測。

「既然如此，我也有我的做法。」青雪冷然說道，握緊的雙拳中燃起青色狐火。

「妳要動用武力來阻止我嗎？」萬里心中一凜，本能地對迸發的妖氣產生反應。

「如果辦得到的話。」青炎燃燒間，狐妖女孩的瞳孔豎直成一線，「把想逞英雄的笨蛋用鐵鍊綁起來，關在遠離這座城市的地方，直到那對蛇女主動犧牲其中一人為止。」

巷口的空氣緩緩凝結。

「妳真的打算這麼做嗎？」萬里悄聲問道，運動鞋向後退了一步。

「當然沒有。」出乎意料地，青雪果斷搖了搖頭，「我還沒自負到……認為這個計畫能夠成功。」

還沒等萬里鬆口氣，青雪就緊接著說了下去。

「但是，退而求其次的方案還是有的。」

「妳的意思是……？」萬里緊皺眉頭，內心警鐘大響。

「要制服土地守護者或許沒那麼容易，不過，如果把目標換成兩個普通女高中生，可就不一樣了。」青雪漠然攤開雙手，青色狐火立刻在晚霞中熊熊燃燒。

「印象中，讓『雙頭蛇』消失的其中一種方法，就是殺死多餘的複製品，沒錯吧？」

「青雪同學……」萬里的臉色一沉，鬆手將背包扔在地上，站到狐妖女孩面前，「請別再說下去了，否則……」

「否則你會殺了我？」青雪冷冷說道，「就算是你，也不可能做到二十四小時都保護好那對姐妹，只要有任何一點空隙，我就會馬上動手。」

狐妖女孩的發言無比決絕，令萬里一時間不知該如何應對。

「青雪同學……」

「楊萬里。」青雪斷然截住他的呼喚，一頭及肩短髮在微風中搖曳，「如果真的想拯救她們，就在這裡證明你的決心吧。」

「……青雪同學，我不想傷害妳。」萬里沉默了數秒，才緩緩開口：「但是，我不能讓妳對這片土地上的人們出手，抱歉了。」

「不用覺得抱歉，你只是做出選擇而已。」青雪面無表情地合起手掌，狐火在掌心壓縮成炙熱的光焰。

萬里豎起食指和中指，在面前結起刀印，眼神中卻沒有透出應有的殺意。

吹過小巷的晚風在兩人身邊亂成一團，空氣中緊繃的氛圍，讓人不禁覺得只要有一絲多餘的風吹草動，這條尋常的小巷就會立刻化為戰場。

人類和狐妖對峙著……

直到一道意料之外的聲音闖入其間。

「好了，到此為止！兩邊都停手！」

穿著學校制服的貓妖從天而降，舉起雙手，橫擋在萬里和青雪面前。
「筱筠學姐？妳怎麼……」
沒等萬里驚訝完，林筱筠就朝兀自燒著狐火的青雪拋出質問。
「青雪學妹，不是說好只是稍微打探幾句嗎？怎麼搞成這樣？」
「唔。」青雪迅速撇開目光，一臉「糟糕，完全忘記這回事了」的表情。
沉默數秒後，她以沒有絲毫起伏的語氣指向萬里。
「老師，是他先的。」
「什麼？」萬里錯愕地張大嘴巴。
「你們是剛打完架的幼稚園小鬼嗎？」林筱筠傻眼地嘆了口氣，轉身向萬里合十雙手，「抱歉哦，萬里學弟，我和青雪學妹只是擔心你們，所以想來問問狀況。」
不，剛才那種劍拔弩張的氣氛，已經完全超過「來問問狀況」的範疇了吧？
萬里忍不住想這麼吐槽，但最終還是沒說出口。
「萬里學弟，大致情況我已經從夏晴那邊聽說了，你打算替她們扭轉『必死的命運』是嗎？」
「是的。」面對學姐的詢問，萬里老實點頭。
「這麼做……很危險嗎？」林筱筠緊接著問道。
「很危險，再怎麼準備充分，成功率也大概只有五成左右，至於失敗的話……我們三個都會死。」

賭上三人性命的儀式，危險程度不言而喻。

「沒有其他辦法了？」林筱筠目不轉睛地盯著萬里。

「至少我沒有找到比這更好的方案。」萬里的語氣平靜，「樂觀點想，還是有五成的機率能成功過關，我認為值得一試。」

「就算我和青雪學妹阻止你也沒用？」

「我希望妳們不要這麼做。」萬里謹慎地表示。

他可沒自信能在不傷到兩名女孩的前提下，把她們同時制服。

「如果我們哭著求你呢？」林筱筠的臉上寫滿認真。

「求我……不要插手夏晴同學她們的事嗎？」這個大大出乎意料之外的問題，讓萬里有些措手不及。

「呃……」

「對。」林筱筠毫不猶豫地答道：「當然，夏晴和雨晴也是我重要的朋友，我還是希望你能救救她們。但是萬里學弟，你這種老把所有責任往身上扛的做法，實在很讓人擔心。」

「就算真的讓你擺平『雙頭蛇』好了，那麼下次、下下次呢？如果再遇到類似的事件，你也要不斷把自己的性命壓在五五波的賭局上頭嗎？」林筱筠仰起頭，緊抓著萬里的目光不放，「到時候，就算我們哭著求你，你也不會改變主意嗎？」

「這個……」萬里說不出半句話來，只能支支吾吾吐出破碎的字句。

「萬里學弟，對我和青雪學妹來說，你已經是我們相當珍惜的人，所以別再說什麼

『只有五成機率也值得一試』的話了。」林筱筠放軟語氣，以像是在教訓年幼弟弟般的口吻，輕聲說道。

「對不起，是我沒有考慮清楚。」儘管眼角瞄到青雪聽見這句話時露出的嫌棄表情，萬里仍舊老實地低頭道歉。

這確實是他沒有注意到的盲點，罔顧那些重視自己的人，擅自把性命放上賭桌，回頭重新一看，這種行為真的是愚蠢至極。

「而且啊，你想想看，假如萬里學弟你不幸死了，土地守護者的職責要由誰來擔任？往後這片土地的人類、妖族遇到困難時，該怎麼辦？就算你能為夏晴和雨晴的人生負責，又有誰能夠為這些事情負責呢？」林筱筠的表情相當嚴肅，字字句句戳在核心上，「如果真的想扛起責任的話，愛惜生命才是應有的態度吧？所以，請不要又一聲不吭地擅自展開行動了，好嗎？」

「對不起，下次不會了。」萬里的嘴裡滿是苦澀。

自己果然還不夠成熟，不管是作為守護者還是人類，都遠遠不足以被稱為合格者。

「讓妳們擔心了，真的很抱歉。」誠摯地遞上歉意，萬里的內心陷入深刻反省。

一片落葉被風捲過，緩緩掉落在三人面前。

「萬里學弟，關於夏晴和雨晴的事情，我們真的一點忙也幫不上嗎？」望著掠過腳邊的落葉，林筱筠試探性地問道。

「是真的，那個儀式只能由我來執行，沒有什麼地方是能夠交給別人的。」萬里歉然回答：「也許儀式進行時，妳們能在外頭幫忙護法，但也就僅止於那樣了。」

「這樣啊……」林筱筠沒有繼續追問，而是伸出手，緊緊抓住萬里的手臂。

「那就努力做到最好吧，盡全力把那百分之五十的機率，提升到百分之五十一，然後扭轉夏晴和雨晴身上的命運。」

「我會盡力的。」萬里無比認真地回答。

這次絕不讓她們失望。

「好好加油哦，儀式當天，我和青雪學妹也會陪你一起的。」林筱筠嫣然一笑，臉龐綻放絕美的光芒。

一旁的青雪一瞬間閃過「別隨便把我算進去」的眼神，但最後還是沒有多說什麼，默默將手掌放在萬里肩上。

「等一切結束之後，你就去實現『回老家當個麵包師傅』的夢想吧，楊萬里。」

「這什麼經典的死亡**Flag**啊……」萬里不禁苦笑，因為過度在意「雙頭蛇」而緊繃的心情，總算放鬆了一些。

「別死，我等你回來。」青雪從下往上望著萬里，照理來說應該是十分令人心動的角度和臺詞，卻因為冷淡到極致的語調而前功盡棄。

「這句好像也沒好到哪裡去……」萬里感覺自己頭上又被插了另一支**Flag**，這下要順利生還可能有點難度。

青雪狠狠咂了咂舌，最後才不太情願地撇過頭。

「你死了會很麻煩，所以不准死。」

這句倒挺像青雪的真心話，萬里忍不住露出笑容。

「我盡量，但不要抱太大的期待哦。」

「……你還是死一死算了。」

「欸？」

「夏晴和雨晴就拜託你了，萬里學弟。」沒等一人一狐鬥嘴完，林筱筠就輕輕握住金髮男孩的手。

少女肌膚特有的柔軟和溫度從掌心傳來，林筱筠抬起頭，慎重地向萬里遞出請託。

「替她們把必死的命運扭轉過來吧。」

青雪也默默伸出手，抓住他的另一隻手掌。

「好的。」萬里點點頭，原先繚繞在心頭的沉重感一掃而空。

也許會失敗，也許會死，但絕不會讓你孤身一人——兩名女孩的心意，確實傳達到了他的心中。

這還是萬里第一次，在內心深深感謝能與妖怪相遇。

「青雪同學，筱筠學姐，謝謝妳們，接下來就交給我吧。」

金髮男孩展開颯爽的笑容，回握兩人的手。

別說五成了，此時的萬里感覺自己幾乎有了百分之兩百的把握。

「我絕對會替夏晴同學和雨晴同學，把命運扭轉過來的。」

第四章——見蛇必死．肆

蛇。人。蛇。

郊外的某處廢棄倉庫內，萬里與紀家姐妹共處一室。

身穿曾在鐮鼬一戰中上場過的深色開襟外袍，萬里盤膝而坐，夏晴和雨晴則背對著他，一左一右跪坐在地上。

少女裸背。少女裸背。

室內的光線相當昏暗，除了擺在倉庫四角的蠟燭之外，只有分別擺在紀家姐妹斜後方的兩具提燈，提供著昏黃的照明。

微光照耀下，盤據在女孩們背上的蛇鱗狀菱紋清晰可見，猙獰、扭曲的傷疤幾乎像是要刻入肉體中那般，在搖晃的燭火前張牙舞爪。

松香磨成的粉末在夏晴及雨晴身邊圍出一個圓圈，一定程度上限制了非妖「雙頭蛇」所泄漏的死亡氣息。

廢棄倉庫內一片靜默。

萬里默數著時間，從袖中抽出一張寫有「祛毒」字樣的符咒，扔進口中吞下。

「準備好了嗎？夏晴同學，雨晴同學？」一切就緒後，他輕聲開口詢問。

儘管看不到兩名女孩的表情，萬里仍能感受到她們身上傳來的顫抖。

怎麼可能準備好？

面對失敗即為死亡的岔路口，就算再怎麼心理建設，也很難弭平內心的不安。

即便如此，夏晴、雨晴仍雙雙咬緊牙關，用力點了點頭。

「隨時可以開始。」

「我也準備好了。」

確認兩姐妹都做出回覆後，萬里重新調整好呼吸，把意識集中在前方。在燈光掩映下，夏晴、雨晴拉長的影子末端彼此交疊，隨著搖晃的燭火隱隱閃動。

萬事俱備。

萬里緩緩挽起袖子，以右手指尖輕觸地面，左手則捏起拇指與中指，讓豎起的食指直指上方。

藉由這個動作，他向這片土地、這片天空借來一部分力量，或多或少，彌補了一些與「雙頭蛇」間的實力差距。

「接下來，請妳們輪流回答我的問題。」感受著漸漸匯聚在自己身邊的力量，萬里肅容說道，「首先是名字，告訴我妳們的名字。」

「紀夏晴。」

「紀雨晴。」

意識到儀式就此正式開始，夏晴和雨晴的精神不禁緊繃起來。

「生日是什麼時候？」

「六月一日。」

「我也是六月一日。」

「身高多高？」

「一百五十九公分。」

「一百五十九公分。」

「體重呢?」

「呃,四、四十五公斤。」

「咦?是四十五公斤嗎?」雨晴疑惑地轉頭望向身旁的姐妹。

「夏晴同學,請注意不能說謊哦。」

「好啦好啦,最近有點胖了,大概……四十八、四十九吧。」夏晴漲紅著臉承認。

「我的話,上次量是四十七公斤。」雨晴接著回答。

「很好。」萬里點點頭,手指輕揮間,一行事先塗寫在廢棄倉庫牆面上的文字,綻放出細微的光芒,緩緩顯現。

問題持續不疾不徐地拋出。

「平常的興趣是什麼?」

「和雨晴一起逛街。」

「和夏晴一起逛街。」

「喜歡的食物?」

「蛋糕和泡芙。」

「嗯……舒芙蕾,巧克力口味的。」

「討厭的食物?」

「我沒有特別討厭的食物。」

「香菜、韭菜那類味道特別重的蔬菜。」

「喜歡的音樂類型？」

「普通的流行音樂。」

「鋼琴、吉他那種純樂器的曲子。」

隨著問題漸漸深入，夏晴、雨晴的回答也慢慢顯現出差異。

有時兩姐妹的答案近乎一致，但大多數情況下，萬里都能輕易辨別出言談間的不同之處。

塗寫在牆面上的咒字，在萬里手指輕揮下逐步亮起，很快的，廢棄倉庫內的狹小空間，就被咒字散發的微光所環繞。

從夏晴及雨晴交疊的影子深處，傳來陣陣不詳的氣息。

一滴汗水，從萬里的額前滑落。

問答依舊推展著。

「擅長的學科是？」

「我的話，應該是數學。」

「英文吧。」

「討厭的科目？」

「歷史、地理。」

「物理和化學。」

「未來的夢想？」

「有穩定的收入，然後找個有錢的帥哥嫁掉。」

「我……還沒想這麼遠。」

萬里悄悄屏住氣息，發光的咒字已經幾乎繞了一圈。

「曾經在心中想過最黑暗的念頭？」

「現充都去死。」

「如果……如果我是獨生女的話，就好了。」

夏晴驚訝地轉過頭，然而雨晴卻將表情藏在垂落的髮絲後，沒有回應姐妹的視線。

「為什麼會這麼認為？」萬里輕揮手指，倒數第二行咒字無聲亮起。

這個問句筆直指向雨晴，讓她不由自主地動起嘴唇。

「因為……大家老是誇夏晴是個優秀的孩子，每次誇完還會問我，為什麼夏晴做得到，妳卻不行？妳們不是雙胞胎嗎？明明我也很努力，做得也不算差，為什麼大家都要這樣說？」

「雨晴……」夏晴難過地看著雨晴，一句話也說不出來。

「妳有把這些話對任何人說過嗎？」萬里接口問道。

「沒有。」雨晴緩緩搖頭，「這是我第一次說出來。」

「第一次出現這種想法，是在什麼時候？」

「大概是國小……」

「現在也常常會這麼想嗎？」

「很偶爾、很偶爾才會。」

「那麼……」萬里深深吸了口氣。

「雨晴同學，妳會討厭夏晴同學，或是希望她消失嗎？」

夏晴渾身一震，腰際的蛇鱗狀紋路隱隱蠕動。

「我……」這個尖銳的問題，讓雨晴一下子有些慌了手腳，「我不是那個意思……雖然有時候會吵架，但是我從來沒有希望夏晴消失，也沒有討厭過她。」

「那，夏晴同學呢？」萬里將話鋒轉往另一個方向。

「會覺得討厭雨晴同學，或希望她能消失嗎？」

夏晴的肩膀明顯僵硬起來，她用力甩甩頭，遲疑了兩秒才開口回答。

「我從來沒有……希望雨晴能消失。」

「還有呢？」萬里的眼神中布滿陰暗，「妳會討厭她嗎？」

「嗚……」夏晴氣息一滯，忍不住咬緊牙關。

「這個問題，我一定得回答嗎？」

「夏晴同學，在這個時機選擇沉默，和回答了其實沒兩樣。」萬里淡然說道，左手指尖輕輕豎起。

「而且，如果妳不說出真實的想法，我們沒辦法繼續下去。」

「我知道了……」夏晴放棄地垂下肩膀，緊抓住大腿的指尖，在肌膚上刻出劃痕。

「其實，我有時候很討厭雨晴。」

雨晴緩緩抬起頭，望向身旁的姐妹。

然而這回卻換夏晴主動迴避視線接觸，她牢牢盯著兩人交疊的影子末端，像是傾倒汙水般快速吐出話語。

「明明做什麼都比我差，卻還是要處處模仿我，學我說話的方式或動作，硬要跟著一起追影集、買東西什麼的。」

雨晴默不作聲地垂下眼簾，蛇鱗狀紋路在腰側悄悄收緊。

「模仿我也就算了，偏偏雨晴還老像個聖人一樣，一天到晚替什麼路邊的野貓啊、收容所的狗狗之類的操心，搞得好像是我心胸不夠寬大一樣。」夏晴竭力擠出潛藏在內心深處的黑暗，「雙頭蛇」在女孩雪白的肌膚上窸窣蠢動。

「所以……有時候才會覺得，雨晴真的很討厭。」

「這些話，妳有對其他人說過嗎？」萬里悄然問道。

「當然沒有。」夏晴摀住嘴唇，連連搖頭。

燭火靜靜燃燒著，照亮紀家姐妹徬徨的神情。

在萬里引導下，將真心話全部傾吐而出的她們，此時的心情無比複雜。

相生相愛相殺，去除複製品、留下真品，這便是「雙頭蛇」的宿命。

不採取任何作為的話，總有一天，兩姐妹恐怕會在死亡氣息的催化下，將刀刃架到彼此的脖頸前吧？

這樣的恐懼感，在內心深處蔓延開來，讓夏晴、雨晴的身軀微微顫抖。

地面上，兩人交疊的影子末端扭曲、蠕動著，如蛇身般交纏在一起，在燭火映照下，漸漸產生了形體。

那是一片漆黑的爬蟲類軀體，鱗片細密且黯沉，將映照其上的光線全數吸收。細長的身形，在一半左右的位置分岔成兩條，分別往夏晴、雨晴的方向延伸，沿著地面爬上大腿，與兩人腰際的蛇鱗狀紋路彼此相接。

那瞬間，原先只是攀附在紀家姐妹身上的大片傷疤，猛然勒入肉裡，讓兩名女孩不由自主地發出嗆咳聲。

——來了！

萬里繃緊全副心神，右手往地上一拍，好不容易匯聚而來的土地力量，立刻包圍住夏晴及雨晴，強行將「雙頭蛇」的綁縛鬆開。

「這是什麼啊！」夏晴拚命想掙扎，卻無法將纏繞身體的蛇身甩開。

「感覺、感覺好重……」雨晴下意識地緊抱住身體，無形的壓力捆縛住全身，讓她的呼吸急促起來。

燭光晃動，廢棄倉庫內滿是凌亂的蛇影。

「保持冷靜，回答最後一個問題。」萬里強而有力的聲音，將她們的意識重新拉了回來。

金髮男孩高懸在面前的指尖，遲遲沒有揮下。

「就算曾經討厭過對方、就算曾經希望自己是獨生女，妳們還是願意在死亡來臨時，為對方獻出生命嗎？」

夏晴和雨晴一愣，一時間，誰也沒能接口。

纏繞在身上的「死亡」是如此真實，隨之迸發的恐懼感，幾乎要覆蓋住她們的意志。

儘管如此，在沉默十數秒後，兩道一模一樣的聲音，仍堅定地響起。

「如果能讓雨晴活下去的話，我願意。」

「如果能讓夏晴活下去的話，我願意。」

「很好。」萬里輕嘆。

至此，紀家姐妹已經完成了份內的工作，接下來就是他的職責了。

高懸已久的手指迅速揮下，點亮牆上最後一行咒字。

「來吧，『雙頭蛇』！決定命運的時候到了！」

隨著萬里一聲大喝，守護夏晴、雨晴的土地力量也終告耗盡，漆黑蛇身飛速竄上，將菱狀紋路深深烙在兩姐妹裸露的肌膚上頭。

環繞廢棄倉庫的咒字大放光芒，將室內照得一片明亮，逼得萬里不得不瞇起雙眼。

等到光芒漸漸消褪，視線也重新適應周遭的亮度，已經是十多秒後的事了。

擺放在夏晴、雨晴身後的提燈在不知不覺間熄滅，然而，兩名女孩的影子仍舊交疊在一起。

不，不對。

萬里單手撐住地面，俐落地翻身站起。

現在待在松香粉末圈內的，已經不是大家所認識的紀夏晴和紀雨晴了。

嘶——嘶嘶。嘶——嘶嘶。

裸露上身、只穿著貼身短褲的兩名女孩，不知何時站了起來，向萬里投以無機質的冰冷視線。

原先只是皮膚角質化形成的大片疤痕，此時化為貨真價實的細密鱗片，覆蓋住姐妹倆的胸口、腿側和腰際等處，就連雙眼也血紅一片，完全脫離了人類外貌的範疇。

透過剛才的儀式，萬里借助夏晴、雨晴的肉身，成功地將無形無質的非妖賦予了形體，此刻掌握主導權的並非紀家姐妹，而是「雙頭蛇」。

嘶——嘶嘶。嘶——嘶嘶。

夏晴、雨晴同時踏出一步。

在少女裸足橫越而過的瞬間，環繞成圈的松香粉末立刻四散瓦解，絲毫沒有起到限制效果。

萬里無奈地聳聳肩。

原以為松香布成的簡易結界能稍微阻擋她們，看來還是太天真了。

紀家姐妹緩步橫越廢棄倉庫，朝萬里走來。兩人腳下的影子彼此交疊，將夏晴、雨晴連結在一起，如同真正的「雙頭蛇」一般。

接下來才是困難的部分。

「是要『鞭數十，驅之別院』嗎？我有點忘了……」萬里吁了一口氣，嘴上喃喃念著百分之百是錯誤答案的文句。

「待會可能會有點粗暴，抱歉了，夏晴同學、雨晴同學，請忍耐一下。」萬里握緊雙拳，主動迎了上去。

為了不傷到兩姐妹的身體，這回連木刀都不能用，情況可說是凶險無比。但萬里沒有半分遲疑，或者說，盡力不讓眼前的非妖看出自己心中的猶疑。

夏晴和雨晴同時停止動作，兩雙眼睛牢牢鎖住金髮男孩的身影。

接著是電閃般的一撲。

這記猛撲如毒蛇般凌厲，快得幾乎沒有任何反應空間，儘管如此，早已有所準備的萬里仍俐落地矮身避過。

「小心了！」萬里順勢一記掃堂腿，逼得紀家姐妹不得不左右分開，趁此機會，他往雨晴直衝上去，袖口橫揮，遮擋住女孩的視線。

先搞定一個！

萬里探手掐住雨晴的咽喉，將她整個人按到牆角，空門大開的背部卻被飛速竄來的夏晴撲上，銳利的毒牙猛然刺入，讓他肩膀一痛。

沒料到「雙頭蛇」兩相呼應、援救的速度居然如此之快，萬里只得放開被逼到牆角的雨晴，回頭應付纏上背部的夏晴。

女孩運用柔軟的腰肢和大腿纏住萬里的腰間，嘴上則緊緊咬著肩膀的肌肉不放，任憑萬里怎麼甩也甩不下來。

纏鬥過程中，男孩的半邊身體在不明毒素的侵蝕下，迅速陷入麻痺之中，讓他不禁暗暗叫糟。

另一邊的雨晴，也趁著這個空檔緩過氣來，重整旗鼓，對準萬里的胸前直撲上去。

面對兩姐妹的前後夾攻，萬里也不敢再繼續保留力氣，反手一個過肩摔，把背上的夏晴往雨晴扔去，讓兩名女孩撞成一團。

——不太妙……

萬里按著受傷的肩膀，額前不禁流下冷汗。

剛剛過於急躁的行動，讓身上掛了彩，光是幾個呼吸的時間，右臂就從肩膀一路麻到小指，雖然勉強還能動，但天知道「雙頭蛇」的毒液效果究竟為何。

不能再繼續拖下去了，必須盡快分出勝負。

下定決心後，萬里重新擺出備戰的架式。

在牆角摔成一團的夏晴、雨晴，也終於解開交纏的肢體，搖搖晃晃地站起身來。

「雙頭蛇」的兩對目光同時綻放鮮紅色光芒，暴戾之氣瀰漫四周。

「來吧，差不多該做個了結了。」萬里側過身，向紀家姐妹勾了勾手掌。

下個瞬間，夏晴和雨晴立刻雙雙撲上，配合得恰到好處的撲擊，將所有退路全數截斷，連一絲空隙都沒有留下。

面對如此險境，萬里沒有選擇閃躲，而是正面迎上，雙手一左一右揮向女孩們的胸口。

還沒習慣靈活運用四肢的「雙頭蛇」，一如預料地沒有使用雙手格擋，而是直覺地向外扭身閃開。

一取得足夠的空間，夏晴、雨晴便同時張嘴，往萬里的上臂咬去，卻雙雙咬了個空，讓男孩一個錯步閃到背後。

果然，比起真正的妖怪，非妖的行動模式還是生硬許多，真要應付起來，並不算困難。

萬里暗暗在心中握拳，迅速探手抓住紀家姐妹的後頸。

這個部位，正是普天下所有毒蛇的共同弱點——七吋，一旦被掌握住此處，任憑這條蛇有多凶狠的毒牙也無用武之地。

正如此刻，任憑夏晴、雨晴兩人怎麼掙扎，都無法擺脫萬里的掌握。

成功取得主導權的金髮男孩集中全副精神，將意識灌注到掌心，那裡事先畫上了特殊的咒字，使他能對「雙頭蛇」進行干涉。

不過數秒鐘的時間，萬里已經滿頭大汗，熱氣蒸騰下，蛇鱗狀紋路在兩名女孩的裸身上不斷扭曲、改變著形狀，讓夏晴和雨晴從唇邊漏出痛苦的嘶叫。

交疊的影子不住顫抖著，時而脹大、時而緊縮。

後頸受制之下，紀家姐妹只能拚命用身體撞向後方，然而萬里卻完全不為所動，眉宇因專注而緊繃著，渾身冒出絲絲熱氣。

「必死的命運」正被一點一滴扭轉。

「雙頭蛇」在萬里意志的擠壓下，發出憤怒的嘶吼，廢棄倉庫被紊亂閃動的影子填滿。

這是一場，人與蛇的艱辛拔河。

意識與「死亡」直接連接的萬里，一旦輸掉這場比賽，就會和紀家姐妹一起被拖入萬劫不復的深淵。

扭轉過來，扭轉過來！

此刻萬里心中，只剩下這麼一個念頭，因此他晚了數秒才發現，自己因蛇毒而麻痺的右手，已經漸漸使不上力。

緊抓雨晴後頸的那隻手掌，開始脫力、發抖，不管萬里如何強撐意志，都不再聽他使喚。

僅僅是這一個破口，大量死亡氣息就如潰堤般湧了過來，連沒有受傷的左手，都在這陣衝擊下被彈開些許。

——這下糟糕了。

望著瞬間轉身向自己撲來的紀家姐妹，萬里無奈地輕嘆。

下一秒，意識就沉入無盡的漆黑之中。

「死亡」的蛇身將他層層纏上，虛無、黑暗以及無力感充斥在身邊，讓萬里感覺自己宛如置身深海，無法做出任何行動。

就連一向清明的思緒，也在黑暗的侵蝕下漸漸模糊起來。

腦海中唯一浮現的念頭，就是沉下去、沉下去……

沉下去。

——這就是……死亡嗎？

萬里看著面前的黑暗，早已停止的呼吸，在虛空中激出一小串氣泡。

沒有天堂，沒有地獄，也沒有在河岸另一頭揮手的楊百里，單純只是「什麼也沒有」而已。

這就是「死亡」本身，也是夏晴和雨晴其中一人即將面對的命運。

萬里閉上雙眼，已經無法再思考下去。

從腳底到雙手指尖，每一根神經都失去了知覺，就連體溫都慢慢離他而去，剩下的只有冰冷，無盡的冰冷。

不對。

萬里驀然睜開眼，虛空中又竄出一串氣泡。

雙手掌心，還殘留一絲暖流。

那不是自己的體溫，而是分別來自兩名不同女孩的手掌溫度。

狐與貓，祈求他平安歸來的心意，確實地留在掌心。

擁有狐尾的身影，和擁有貓耳的身影一同伸出手，將萬里從死亡的深淵前拉了回來。

再次睜眼時，萬里才發現自己已經回到廢棄倉庫中，夏晴、雨晴姐妹則分別咬住左右兩邊的肩膀，將他壓在地上。

蛇鱗在少女們的裸身上蠕動著，吸食三人份的生命力。此時的「雙頭蛇」早已完全失控，「僅消除複製品」的限制已不復存在，成為單純的死亡化身。

要是萬里再晚幾秒醒來，「雙頭蛇」恐怕會持續暴走，直到將三人的生命完全抹除。

「真變成那樣可就麻煩了。」萬里迅速探手，重新抓住夏晴、雨晴的後頸部位。畫在掌心的兩行咒字再度綻放光芒，壓制住蔓延紀家姐妹全身的蛇鱗。和剛才不同，這回咒字的光芒更加強盛、溫暖，如陽光溶解積雪般，將瀰漫四周的死亡氣息迅速驅散。

「抱歉，我還不能死在這裡。」萬里在夏晴和雨晴的耳邊輕聲說道，像是依偎在他臂彎中的兩姐妹，也隨著蛇鱗褪去而慢慢放鬆下來。

看著兩名女孩緩緩閉上雙眼，萬里露出微笑。

「妳們也是。」

光芒消逝，室內回歸寂靜。

人。人。人。

一大清早。

上學路途中的早餐店內，一如既往塞滿覓食的學生，在摩肩擦踵的制服海中，有道明顯高出周圍一截的金髮身影正努力排開眾人，向店內角落擠去。

「青雪同學，早安啊。」萬里愉快地舉起手，朝縮在人群後方的狐妖女孩打招呼。

「……」青雪狠狠瞪了他一眼。

啊，這是「不要在這裡跟我講話」的表情。

認識這麼久，萬里終於稍微能判斷她想傳達的意思了。

不過知道歸知道，萬里仍舊不打算配合青雪拒人於千里之外的態度，他硬是擠到狐妖女孩身邊，展開爽朗的微笑。

「今天還真早，妳平常不是都拖到快遲到才來買早餐嗎？」

「你沒死啊，楊萬里。」青雪冷淡地瞥了他一眼，話語中充滿遺憾之意。

「這是什麼？某種最新流行的打招呼方式嗎？」萬里不禁面露苦笑。劈頭就咒人家死，大概也就只有青雪會做出這樣的事了。

「這是夜狐族專用的問安語。」狐妖女孩的眼角一閃，臉上依舊面無表情。所謂的狐妖 style。

反正現在夜狐族就剩青雪一個，她說了算。

「真可惜，我還以為你這次死定了呢，明明插了這麼多死亡 Flag，居然沒有奏效嗎？」

「妳果然是故意的啊。」萬里的苦笑又加深了些。

回想起處理「雙頭蛇」時的險況，不得不說，青雪事先插旗的舉動還真的差點成功了。要不是最後關頭，萬里頂住了「死亡」的侵蝕，現在恐怕不會有命在這裡打嘴砲。

不過這也得多虧青雪和林筱筠注入在他掌心的誠摯心意，所以沒什麼好抱怨的。

話說儀式當天，成功將「必死命運」扭轉後，萬里便在夏晴和雨晴的腰際敷上這片土地的泥土，徹底埋葬「雙頭蛇」。

之後他便失去了意識。

雖說「雙頭蛇」已經不再具有危險性，但注入體內的蛇毒仍發揮著效力，讓他陷入無法行動的狀態。

據說最後是守在門外護法的青雪，不顧林筱筠勸阻以暴力破門，這才把躺在地上奄奄一息的三人救回土地神的小廟。

當然，無名土地神為此大發雷霆了一場，最後還是看在事件圓滿結束的份上，才放過林筱筠和夏晴、雨晴姐妹，沒有太過刁難她們。

各自領完餐點後，萬里和青雪擠出早餐店，並肩往學校的方向走去。

「身體……還好嗎？」安靜了一陣子後，青雪突然開口。

「啊啊……」萬里愣了愣才反應過來，他試著轉動下兩邊肩膀，對狐妖女孩露出笑容。「已經沒事了，說到底，那也不是真正的蛇毒，把『雙頭蛇』扭轉過來之後，毒性應該就慢慢消失了。」

「……真可惜。」

「咦？」

「那對雙胞胎蛇女，之後會怎麼樣？」不讓萬里有反應過來的機會，青雪緊接著問了下去，「蛇的非妖，應該沒有真正被去除對吧？」

「嗯，是啊，『雙頭蛇』確實還寄宿在她們身上，只是換了一種形式而已。」萬里吐了口氣，一個跳步跨過地上的水溝蓋。

夏晴和雨晴腰際的傷疤已經恢復如初，不再產生蛇鱗化的異變，取而代之的，是環繞兩人手腕的纖細蛇環。

夏晴的在右手，雨晴的在左手，兩條咬住身體的小蛇，如手銬般將她們緊緊扣在一起。

「今後，她們必須盡可能待在一起，就算要分頭行動，也不能分開太遠，以免影響『雙頭蛇』的完整性。實際距離可能還要測試一下，不過我猜大概不超過一公里。」

「聽起來很麻煩。」青雪淡淡表示。

「是很麻煩，不過總比原本好得多。」萬里揚起嘴角，隨意舒展了下肩膀的筋骨，「話說回來，還好這次受的傷不怎麼嚴重，否則要是趕不上之後的高中聯賽可就糟了。」

「要開打了嗎？那個十個人追一顆球的比賽。」青雪毫不關心地說道。

「十個人追一顆……唉，算了。」萬里最終還是放棄說明籃球比賽規則，無奈地聳聳肩。

「正確來說，聯賽是下週才正式開打，不過我過兩天就要跟球隊去集訓了，所以大概會暫時離開個……一週左右吧。」

「離開學校？」

「離開這座城市。」

青雪抬眼望向身邊的金髮男孩，數秒後，才默默轉回視線。

一隻渾身透明的老鼠，從兩人身後的水溝蓋縫隙間竄出，左右張望了一會，悄悄奔入樹叢中。

第五章——疫漫如鼠・壹

醫院的加護病房中，只有床頭燈微微閃爍的光芒，照亮著一小片空間。

夜深人靜。

直到午夜仍穿著高中制服的女孩，握住母親蒼白無力的手，將額頭靠在床單上，長度幾乎要完全遮住雙眼的瀏海，隨著這個動作散亂開來，讓她消沉的心情一覽無遺。

呼吸器規律地運作著，病床上的女人依舊昏迷不醒。

為什麼是自己的母親？為什麼這種罕見疾病會找上她？母親會因為這樣丟掉工作嗎？一直以來相依為命的母女倆，之後又該怎麼辦？

貌似在病床邊睡著的短髮女孩，心中紛亂不堪，卻沒能找出任何一個問題的解答。

疾病原來是這麼恐怖的東西嗎？

隨時能奪走一個人的健康、生活，甚至是人生。

在醫院空調的吹拂下，女孩的肩膀瑟瑟發抖。淚水在她睜大的眼睛中打轉，最後落在被單上。

如果自己有能力醫治母親的話，情況說不定會完全不一樣。

「為什麼會變成這樣啊……」

少女絕望的嘆息，迴盪在黑暗中。

今天是萬里離開城市，參加籃球隊集訓與區域預賽的第三天。

身為土地守護者，這樣的行為是否被允許——雖然很想這麼問他，但無名土地神既然沒有極力阻止，應該就沒什麼問題吧。

更何況自己也不是會纏著人問東問西的個性。

青雪站在浴室的鏡子前，將盤旋在心中的微妙不安感趕出腦袋。

重新整理好制服領口，她收起狐耳、狐尾，偽裝成普通人類高中生的模樣走出家門。

上學路途中的景色和往常沒有什麼不同，結伴而行的學生們走在街道上，馬路中央也時不時能看到趕著上班的汽車呼嘯而過。

早晨特有的寧靜感充斥周圍，一切都顯得如此尋常，如果不特別留心的話，這就是個普通的上班、上學日。

但青雪和一般人可不一樣，即便是些細微之處，只要有任何異樣出現，都逃不過她的雙眼。

——熟悉的街景中，似乎少了什麼？

察覺到這件事之後，青雪立刻放慢腳步，不動聲色地移動視線。

首先注意到的，是某臺固定會在早上駐點在路口、大賺學生錢的餐車，今天居然不見蹤影。

接著是街道兩旁的店面，以往這個時間，至少會有好幾間店著手準備開業，以迎接一天生意的到來。然而，此刻卻只有寥寥數間店面準時開門，整體相比冷清了不少。

好像有哪裡不太對勁。

青雪下意識地提高警戒。

周圍沒有聞到半點妖怪的氣味，各種異樣之處也明顯是人為造成，但不知為何，青雪卻總有種說不出的奇怪感覺。

還沒來得及細究，一隻手就突然拍在狐妖女孩的肩膀上，讓她渾身一震。

「青雪學妹，早安。」這陣子常打照面的林筱筠，正笑著向她揮手。

「……不要隨便從後面碰我。」不顧對方釋出的善意，青雪完全沒有給人好臉色看的意思。

有些凶狠地橫了貓妖女孩一眼，青雪逕自往前方走去。

「哎呀，難得萬里學弟不在，我們好好相處嘛。」林筱筠加快腳步趕了上來，聲音悶悶地從口罩下傳出。

——等等，口罩？

青雪迅速回過頭，再次確認林筱筠的狀態。

一向打扮亮麗的貓妖女孩，確實反常地戴著醫療用口罩。

「妳生病了？」青雪斜眼望著走在身邊的林筱筠，不免有些在意。

「生病？啊，妳說這個嗎？」遲了一秒才意會過來，林筱筠指指自己臉上的口罩。

「這是我媽逼我戴的啦，青雪學妹沒看新聞嗎？聽說最近有新型的流感……還是病毒什麼的，總之為了預防傳染，現在最好戴口罩出門哦。」

青雪沉默了一下。

人類的流感病毒對她有用嗎？雖然自己目前化形為人類的樣子，但應該不會因此被傳染吧？

這種問題，感覺某位不在場的金髮守護者會很感興趣，但青雪還沒閒到特地為了他跑去做實驗，所以以上疑問就暫且擱下。

「嗨喲！筱筠姐！」

「筱筠姐早安啊！」

兩道熟悉的身影從半路殺了出來，經過幾天休養，再度恢復生龍活虎的夏晴、雨晴姐妹，往林筱筠面前撲了上去。

「筱筠姐，怎麼戴著口罩？妳感冒了嗎？」

「是因為那個新型的傳染病嗎？還是應該叫流感病毒？我有看電視新聞在播。」

才剛碰上面，紀家姐妹就七嘴八舌地朝林筱筠拋出話題，完全沒把被晾在一邊的青雪放在眼裡。

「這是我媽要我戴的啦，聽說目前感染那個新型流感的病例，大部分都集中在城裡，所以最好還是小心一點。」林筱筠耐心地又解釋了一遍，一邊推著兩姐妹往學校走。

「非妖之後是傳染病嗎？最近真是多災多難哪。」夏晴用力嘆了口氣。

「話說回來，筱筠姐，這個女生是誰啊？」注意到默默從眾人身邊溜開的青雪，雨晴忍不住插口詢問。

「哦，這位是青雪學妹，和妳們一樣是一年級，她是萬里學弟的朋友哦。」林筱筠一把拉住死命想逃的青雪，這麼介紹道。

「欸?萬里的朋友啊?」

「真是看不出來呢。」

夏晴、雨晴毫不客氣地上下打量著青雪，讓脾氣本就不好的狐妖女孩有點惱火。

正當她考慮著該不該就此翻臉，直接甩開她們走人時，另一道眼熟的身影又映入視線。

「哦?今天這麼熱鬧啊?大家都在。」身後背著裝有竹刀的袋子，將一頭長髮綁成高馬尾的關倩，在某個紅綠燈前加入了隊伍。

曾在鐮鼬事件中讓萬里大吃苦頭的關倩，今天以戴著黑色口罩的嶄新造型來到學校。

「關倩姐也戴口罩啊?」夏晴好奇地湊了過去，伸手戳戳遮住馬尾女孩半邊臉龐的黑色布料。

「其實應該要戴醫療用的，像是筱筠那種，但我家剛好沒有，所以只好拿機車用的口罩加減代替一下。」關倩悠然說道。

即使大半臉龐被口罩遮住，馬尾女孩身上仍散發著勃勃英氣，像是隨時都能拔出身後的竹刀應戰。看來鐮鼬事件過後，她已經找回了往常的自信。

「那個流感病毒這麼可怕嗎?我看到好多人都戴著口罩欸。」雨晴四下望了望，不禁有些擔心地捂住口鼻。

「目前醫院那邊還在做檢測，連傳染方式都還沒確定，口罩也只是大家先戴個安心的啦，不用太緊張。」關倩拍拍雨晴的肩膀，出言安撫。

「可是，我聽說這幾天已經出現很多病例了，而且幾乎都集中在城裡耶？」林筱筠的一句話，讓紀家姐妹又瞬間捂上口鼻。

「我決定在到學校之前，要暫時停止呼吸。」夏晴一本正經地從手掌下發出悶悶的聲音。

「到學校之後才更危險吧，大家全部都擠在密閉空間裡，感覺超容易傳染的。」林筱筠中肯的話語，讓夏晴發出一聲哀嚎。

「完蛋，還是我乾脆請假躲在家裡算了。雨晴，假扮我出席的部分就交給妳囉。」

「才不要。」

原來如此。

青雪聽到這邊，終於有點理解為什麼這麼多店家還在今天歇業了。

畢竟時常和人群接觸的服務業，是傳染病爆發時最容易被感染的高危險群之一，也許是透過電視新聞聽到了風聲，所以部分店家才紛紛在局勢明朗前，選擇暫時停業。

這便是異樣感的來源。

「還真難得呢，我們社團的人能像這樣在上學路上全員到齊……嗯？」關倩點了點人數，語氣微微一頓。

似乎少了誰？

和夏晴雨晴同為一年級、時常用長長的瀏海遮住雙眼的女孩——艾綾，今天沒有出現在通往高中校園必經的路途上。

「不對，艾綾不在，妳們這幾天有看到她嗎？」感到有點奇怪的關倩回頭詢問。

前幾天光是忙「雙頭蛇」的事情就焦頭爛額的夏晴、雨晴姐妹立刻搖頭。

雖然和社團裡其他個性鮮明的女孩們比起來，艾綾顯得更害羞、內向一些，但一直以來，她也是團體中相當活躍的成員，像這樣好一陣子都沒露臉的情況，至今從未有過。

「我記得，艾綾最近好像都在醫院陪她媽媽的樣子。」一向很關心社團後輩的林筱筠主動幫忙補充。

「咦?艾綾媽媽怎麼了嗎？」

「難道也被新型流感病毒傳染了？」

聽到這意料之外的消息，夏晴、雨晴立刻開始追問。

「這個嘛……詳情我也不是很清楚，但好像不是流感。」林筱筠乾笑著豎起雙手，有些招架不住紀家姐妹的猛攻，「聽說艾綾的媽媽身體本來就不好，所以常常住院，這次應該也是吧。」

「這樣啊……」

「之後問問她有沒有哪裡需要幫忙好了。」

「不然，今天放學之後，我們大家一起去找艾綾怎麼樣?」緊接在夏晴和雨晴之後，關倩這麼提議，「我也有點擔心她的狀況，那孩子每次有要緊事都會自己憋著，不告訴別人。」

「欸，好啊。」

「贊成！」

「今天放學後應該可以。」

紀家姐妹和林筱筠也立刻附和了這個提案，一下子熱烈起來的同伴氣氛，讓青雪打從心底懷疑自己為什麼要跟這群人走在一起。

「那麼我來問一下艾綾，看看她今天方不方便。」關倩掏出手機，從一整排聯絡人中挑出艾綾的名字。

「……嗯？」

盯著螢幕操作了一會後，馬尾女孩疑惑地挑起眉毛。

「怎麼了嗎？」

「有點奇怪。」關倩將手機遞到湊過來的林筱筠面前，「我三天前傳過去的訊息，艾綾好像到現在都還沒有讀。」

這是少女的夢。

如相機膠卷般斷斷續續播放的，是屬於她的記憶片段。雖說是記憶，某種似是而非的怪異感卻充斥在每個角落。

破碎的畫面在艾綾面前閃現而過。

像是沉入深海般的寂靜感環繞四周，等到她真正回過神來時，身邊已經傳來熟悉的聲音。

「喂，艾綾，在發什麼呆啊？」挑染著右邊髮絲的女孩在她面前揮揮手，讓視線瞬間清晰起來。

艾綾用力甩甩頭，這才發現自己正坐在常去的甜點店裡，身旁是夏晴、雨晴兩姐妹，以及社團的學姐關倩和林筱筠。

再熟悉也不過的組合，讓她原本有些迷惑的心情迅速沉靜下來。

「夏晴，妳別吵她啦，人家搞不好在想要吃哪一種口味的舒芙蕾啊。」一旁的雨晴將夏晴連連揮動的手一巴掌拍掉，替艾綾解了圍。

她垂落視線，透過幾乎遮住雙眼的瀏海，這才發現面前擺了兩盤點綴精緻的舒芙蕾。一盤是巧克力口味的，另一盤則是焦糖口味的。

香甜的氣味竄入鼻腔，讓艾綾忍不住吞了吞口水。

但印象中，自己因為在減肥的關係，最近已經暫時……暫時把甜點戒掉了，何況來這家店自己通常點的都是蛋塔，舒芙蕾應該是雨晴愛吃的才對。

把以上想法說出來後，卻遭到紀家姐妹一致地反彈。

「減肥？妳有什麼好減的？」

「明明長著這麼不檢點的胸部，居然還在我們面前說要減肥，別開玩笑了！」

相比起社團的其他女孩，夏晴、雨晴的發育狀況確實輸人一截。兩姐妹憤憤地圍了上來，對著艾綾的胸口一通亂戳，讓她唇邊漏出陣陣嬌喘。

「艾綾感覺今天有點心不在焉的，是哪裡不舒服嗎？」一向細心的林筱筠湊了過來，撥開長長的瀏海，將手掌放在她的額頭上。

溫軟的觸感從額前傳了過來，讓艾綾的心中一暖。

這種安心的感覺，記得小時候也有過。

那是一雙歷經滄桑，卻始終溫暖的手，會在艾綾感冒發燒的時候撫上她的額頭，確認她是否安好。

每當這種時候，艾綾總會產生無法描述的安心感，就算侵襲身體的病魔再怎麼難纏，也能順利入睡。

直到某一天，那雙手的主人倒在了病魔腳下。

自從那天開始，照料的關係就換了過來，不再被撫摸前額之後，艾綾的瀏海也漸漸留長，最後就變成了現在的模樣。

回過神來，溫暖明亮的甜點店、以及社團的伙伴們，全都消失得無影無蹤，四周只剩下一片死寂，靜得令人發冷。

「艾綾？」

呼喚自己名字的聲音，從背後傳來。

那是再耳熟不過的語調，仍保有健康與活力的嗓音，是艾綾一直以來依靠的對象。

「媽媽……」女孩轉過身，雀躍的呼喊卻在半途戛然而止。

等在她背後的，是一具散落在病床上的骷髏。

「嗚啊啊啊啊啊啊啊啊啊啊啊啊啊啊啊啊！」

艾綾猛然驚醒，這才發現自己還趴在母親的病床旁。

算算時間，就算馬上用跑的去學校，也趕不上第一節課了，更何況她現在根本沒有心情上學。

艾綾挺起痠痛不已的腰部，從椅子上站了起來。

搖搖晃晃地站穩後，她從蓋住雙眼的瀏海縫隙間，往病床上望了一眼。

靠在枕頭上的女人臉色相當蒼白，口鼻罩在呼吸器之下，整個人顯得無比憔悴。

不過，一直悉心照看著她的艾綾發現，比起前陣子臉頰深深凹陷的模樣，女人此時的狀態已經好上許多。

「加油哦，媽媽。」艾綾握緊拳頭，替病床上的女人打氣。

確認連接在母親身上的各項儀器沒有異常後，艾綾獨自走出病房，順手將厚重的橫拉門輕輕帶上。

吱吱。

師。

人。人。人。人。人。

人。人。人。人。人。

貓。人。人。人。人。

人。人。人。人。人。
人。人。人。人。人。
人。人。人。人。人。

林筱筠望向窗外。

講臺上老師賣力授課的聲音，被她下意識地隔絕在外。女孩的思緒全然放在未到校的某位社團後輩身上，卻久久得不出令自己滿意的結論。

在那之後，社團裡的幾個人——關倩、夏晴、雨晴和她自己，都輪流傳了訊息給艾綾，但不論她們用上什麼方式，都無法順利聯繫到對方。

當然，傳過去的訊息也都處於未讀狀態。

——等這節課上完，去找艾綾的班導打聽一下好了。

這麼下定決心後，林筱筠的心情總算暫時舒坦了些。

當她正打算把視線從窗外轉回課本上時，眼角餘光卻瞄見了某樣東西，讓心臟瞬間漏跳一拍。

林筱筠坐的位置，恰巧能從窗邊眺望鄰近河堤的景色，此時，河堤旁的人行道上有個相當眼熟的女孩正緩步走過。

是艾綾。

不會錯，自己的視力在貓妖血統被激發後，就增強了好幾倍，這個距離不可能會誤判，那個人絕對就是突然搞失蹤的艾綾。

林筱筠急忙拿出手機撥打艾綾的號碼，卻依舊沒有得到回應，畫面上只有蒼白的撥出圖示不斷閃爍。

等到她重新抬起頭，艾綾早已不見蹤影。

到底是怎麼回事？為什麼不接電話？

林筱筠焦急地咬住嘴唇，完全不打算理會無奈地叫著她名字的老師。

如果是因為趕著來上學，忘記帶手機也就算了。問題在於，艾綾走的那個方向，根本不是通往學校，這讓察覺狀況不對勁的貓妖女孩更加擔心了起來。

另一方面，安坐於一年級教室中的青雪也有些心神不寧。

從早上開始，異樣的氛圍就瀰漫在城市周遭，即使大致弄清了造成眼下狀況的源頭，不安感卻仍縈繞在心中。

青雪望向左前方，靠近窗邊的座位空蕩蕩的，顯示該處主人沒有來上學的事實。

根據萬里的說法，他至少會離開這座城市大約兩週的時間，也就是說，無論這期間發生什麼突發狀況，她們都只能靠自己解決了。

——兩週嗎……

青雪的眉心微微蹙起，臉色不禁有些凝重起來。

即便只是一段說長不長、說短不短的時間，要醞釀出足以造成巨大影響的事件，卻已經足夠了——不知為何，她總有種這樣的預感。

鼠。

一道細小的影子閃過視線邊緣，瞬間吸引住青雪的注意力。

那是一隻渾身透明的老鼠。

所謂渾身透明，指的並不是那種醫學家為了研究，使用特殊試劑去除脂肪和血液色素所製成的標本，而是單純的、純粹的、一如字面上意義的「透明」。

青雪瞇起雙眼，緊盯沿著窗臺外側小跑步而過的老鼠。

下一秒，低沉的警報聲就響徹校園。

不同於刺耳的消防警報，類似球賽蜂鳴器的長鳴相當渾厚，讓青雪不由自主地抬起頭，尋找聲音來源。

隨著警報緩緩停歇，學務主任凝重的聲音也出現在廣播之中。

「全體師生請注意，由於近期盛行之流感病毒已出現病危案例，判定其症狀具有致死性，鑒於該病毒的高傳染力，本市由即刻起實施全面封城，請全校師生依序以班級為單位離校，並於返家後靜待下一步通知。重複一次……」

林筱筠悄悄放下手機，正打著瞌睡的關倩從臂彎中抬起臉龐，夏晴、雨晴同時睜大雙眼。

全校陷入一片靜默。

難以馬上理解事實、難以馬上做出行動，前所未有的狀況，讓學務主任口中的「全體師生」陷入一瞬間的茫然中。

僅僅一瞬間。

接著，這個隨處可見的平凡校園，就如被捅的蜂巢般炸開了。

首先是口罩。

各大藥局、超市、便利商店的口罩全被一掃而空，接著是衛生紙、瓶裝水等民生用品，整座城市的人們彷彿即將面臨世界末日，拚命搶購、囤積著包括食物在內的各項生活必需品。

受到這陣熱潮影響，青雪也下意識地衝到超市，搬了一整箱泡麵和衛生紙回家。

不過，等到她真正換下制服、洗完澡，才意識到身為狐妖的自己應該不受人類病毒影響才對。

——做了多餘的事情呢……

青雪瞪著占據房間一角的巨大紙箱，有點後悔先前有欠考慮的舉動。

根據市政府剛才通過手機訊息發布的公告，接下來全城市民除了工作、購買生活必需品以及就醫外，將全天候禁止外出，即使獲准出門，也必須隨時配戴口罩。

如此雷厲風行的做法，顯示了掌管這座城市的人們對病毒的忌憚，畢竟在具有「高傳染力」與「致死性」的前提下，採取這樣的做法來防止病毒大幅擴散，確實有其必要。

頂著剛洗完澡而顯得悶熱的身軀，青雪單單套上一件T恤便躺上床鋪。

話又說回來，如果除了工作、就醫和購買必需品外都不能出門，那是不是也意味著學校得暫時停止運作了？

雖說自己對上學也沒什麼執著，但如此一來，空下來的大把時間，可就不知道該如何消磨了。

看著房間的天花板，青雪呼了口氣。

直到掌管這座城市的人們徹底控制住疫情前，難道所有人就要這樣一直關在家裡？說到底，誰能確定這種莫名出現的疾病，會以什麼方式被控制下來？需要花多少時間？對這座城市會造成多大的衝擊？

當然，以上這些深刻的問題，全都不是一隻獨自混進人群中的狐妖能解答的，因此青雪思考良久後，便默默閉上眼，打算把一切拋開、先睡一下再說。

就在此時，隨意扔在床頭的手機難得地……真的是相當難得地發出震動，傳來收到來電的聲音。

「嘁……」

由於手機持續響個不停，青雪只能百般不情願地坐起身。

螢幕上顯示的來電人是「楊萬里」。

纖細的指尖迅速按下接聽鍵。

「……喂？」

「喂？青雪同學？」僅僅相隔數日未見、卻似乎睽違已久的沉穩語調，通過話筒傳來。

「是我。」青雪淡淡回應，順手將裸露的雙腿抱入臂彎內。

「我聽說了，有種新的傳染病在城裡爆發了是嗎？」萬里的聲音聽起來有些緊繃，「妳們沒事吧？現在狀況如何？」

「現在實施封城了，其他人的狀況我不清楚。」青雪照實回答，不禁想著這種問題為什麼不去問林筱筠就好，「你應該也有收到訊息吧？楊萬里。」

「啊啊，防疫通知的那個嗎？當然有收到。」萬里輕嘆道：「目前不管是進城、出城，好像都有嚴格的管制，看來就算這邊球賽告一段落，也不可能馬上回去了。」

「嗯。」青雪悄悄握緊手機。

「青雪同學，我能問妳一件事情嗎？」萬里的語調一頓，似乎正思考著什麼。

「什麼事？」

「人類的傳染病，會不會對狐妖產生影響？怎麼說……畢竟是變化成人形，照理來說生理構造應該很相似才對。」

這是個好問題。

青雪偏頭想了想，過了數秒才緩緩開口。

「具體的可能性有多少，我不敢說，但至少我這輩子從沒得過任何人類的傳染病。」

「原來如此……」電話另一頭的萬里陷入沉吟，「青雪同學，雖然這麼問好像有點奇怪，不過，妳最近有看到什麼不尋常的現象嗎？比方說大量出現的蚊蟲，或是突然下起冰雹什麼的。」

突然下起冰雹？

青雪無言了一會，最後搖搖頭，正打算給予否定的答案時，腦海中突然閃過一道細小的身影。

那是在警報響起前，奔過教室窗臺外沿的老鼠，隱隱泛著泡沫般虹彩的透明身軀，怎麼看都屬於異象的一種。

要不是那之後響起的警報實在太過震撼，青雪多半不會輕易忘卻那樣的事物。

「身體透明的老鼠？沒聽說過這種妖怪啊。」聽完青雪的敘述，萬里不禁發出疑惑的聲音，「嘛……雖說某些生物研究的實驗室，好像會用試劑讓死老鼠的身軀變透明，但那畢竟也是標本，不太可能活跳跳地到處跑才對……」

把腦力激盪的費力工作全部丟給萬里，青雪伸直腳尖，背部輕靠在枕頭上。

比起謎樣的傳染病，她反而更在意遠在外地的萬里會怎麼應對這次的事件。

即便身為土地守護者，面對疾病多半也是束手無策，更別提要救助數以千計的病人了。

還是說，萬里會為了幫助這座城市的人們，選擇捨棄球賽提前回來呢？

不過，現在整座城市都處於封鎖狀態，就算想回來，恐怕也沒那麼容易。

青雪的思緒在這瞬間千迴百轉，直到聽見萬里呼喚自己的名字，她才終於回過神來。

「青雪同學，那隻透明的老鼠身上……有類似妖氣的味道嗎？」金髮男孩的語氣嚴肅，似乎相當在意青雪意外目擊的小生物。

如果是平常，意識到自己被當作嗅探犬使用的青雪肯定會勃然大怒，但這回她卻一反常態，默默回想起上午遭遇「老鼠」時的情況。

「它的體型太小了，再加上隔著一層玻璃窗，所以味道不太明顯。」青雪皺起眉頭，食指輕觸鼻尖，「但硬要說的話，確實隱隱約約有一點妖氣，只是這種程度的量，在許多接觸過妖族的生物上都會殘留，所以我那時沒有特別在意。」

「接觸過妖怪之後，身上也會留下妖氣嗎？」萬里有些意外地問道。

「會，雖然只有一點點，但嗅覺靈敏的種族應該都聞得出來。」青雪淡然回答，「舉例來說，你和那個貓女見過面之後，身上就會有淡淡的貓妖氣；之前你碰過我後，身上也會留下夜狐族的味道，只是你沒注意到而已。」

「呃……」不知為何感覺到一股控訴之情的萬里，不禁發出尷尬的沉吟。

「總之，如果要循著那個氣味去調查的話，我應該能辦到，只是需要花點時間。」

「那就拜託妳了，青雪同學。」電話那頭的萬里似乎鬆了口氣，語調隨之緩和下來。

「楊萬里，你認為那隻老鼠，就是造成這次傳染病的原因嗎？」

青雪仰起頭，任由額前髮絲散落在耳際。

「只是猜測而已。」萬里的聲音聽起來也不是很肯定，「這波疫情爆發得太突然，實在不太像自然發生的，所以才想問問妳有沒有注意到什麼異狀。」

「所以才認為有妖怪介入其中？」

「原本還只是這麼假設，但既然妳看到的是『老鼠』，那可能性就提升不少了。」萬里仔細說明，「人類歷史上，有許多次大規模的瘟疫潮都和老鼠有關，光是死亡人數就高達上億，傳染範圍甚至遍及整個大陸，所以我才認為這次的疫情可能和那隻老鼠有關。」

如同狐狸帶來魅惑、毒蛇帶來死亡，在人們眼中，老鼠也擁有獨特的象徵意義——「疾病」。

這也是為什麼萬里在聽完青雪的描述後，馬上產生了懷疑。

「我明白了。」青雪閉上雙眼，空著的那隻手在床單上輕輕搔弄，「我之後會去找找看那隻老鼠，不過勸你不要抱太大的希望，它的妖氣很微弱，就算靠近到一定的距離，也很難察覺。」

「找不到也沒關係，不用勉強。」萬里的語調有些急促，「青雪同學，千萬要注意安全，目前還不確定妳是不是對人類的疾病免疫，萬一那隻老鼠真的和傳染病有關，主動去追蹤它就會變得非常危險，妳應該明白吧？」

「嗯。」青雪微微點頭，身為妖怪的直覺告訴她，這種情況並非不可能發生，「不必擔心，如果情況不對，我會馬上逃跑。」

「小心點，出門記得戴口罩，就算是妖怪引發的疾病，應該多少也有作用才對。」萬里再次叮囑，似乎還是不放心讓狐妖女孩獨自行動，「要是出了什麼狀況，就馬上連絡我，我會想辦法趕回去的。」

「你要趕回來？那球賽怎麼辦？」青雪的目光一沉，她知道萬里為了高中籃球聯賽準備已久，實在很難想像他放棄參戰的模樣。

「因為疫情爆發的關係，目前無限期停賽中。」萬里語帶遺憾地嘆道：「大會好像在評估疾病流出城市的可能性，如果不只我們那邊、其他地區也出現大量病例的話，那球賽就肯定得取消了……雖說集訓還在進行當中啦。」

「嗯。」青雪簡短地應了一聲。

儘管這座城市正處於全面封鎖狀態，但她相信只要萬里有那個想法，要突破封鎖線回到這塊土地應該不是什麼難事。

青雪狠狠咬緊嘴唇，不禁對因此產生安心感的自己感到由衷厭惡。

「不回來也無所謂，我能照顧好自己。」

在意識過來前，防衛性的冰冷話語就脫口而出。

或許是為了掩蓋不經意間流露出的軟弱，青雪一瞬間恢復到過去那拒人於千里之外的態度。電話那頭的萬里不禁愣了愣，隨後苦笑。

「也對，是我操心過頭了……那麼，青雪同學，調查老鼠的事情就拜託妳了，記得定時保持聯絡。」

眼看對話迅速走向結尾，青雪急急張開雙唇，一時間卻不知道該說些什麼。

「……知道了，有發現到什麼就會告訴你。」猶豫再三後，狐妖女孩還是選擇了公式化的回答。

「謝謝妳，青雪同學。」

意料之外的話語傳入耳中，讓青雪微微睜大眼。

「要不是妳願意幫忙，我現在應該會很頭痛，畢竟遠水救不了近火。」萬里坦率地說道：「況且，就算我馬上趕回去，多半也會因為封城而無法自由行動，有青雪同學在真是幫大忙了。」

「不客氣。」青雪淡淡回應，手指緊抓住床單。

「那我也差不多該掛了，先這樣吧？」

「嗯，再見。」

「下次在聊，掰掰。」

語畢，萬里隨即切斷通訊，只剩下空虛的寂靜殘留在耳邊。

一秒。兩秒。

青雪把手機往旁邊一扔，重新抱起雙腿，巧妙地將臉龐隱藏在膝蓋後方。

夏日的天氣相當炎熱，因此就算狐妖女孩的肌膚留有一抹滾燙，似乎也沒什麼好奇怪的。

靜靜坐了一會，青雪才解開交抱在膝前的雙手，恢復以往的冷漠神情。

首先，就從尋找那隻透明的老鼠開始吧。

重新拾起丟在一旁的手機，青雪開始搜尋城市的地圖。

直到下午，林筱筠才終於接到艾綾的回訊。

一發現手機傳來新訊息的通知，她就立刻按下聊天室右上角的通話鈕，一面將手機湊到耳邊，一面從客廳移動到自己的房間內。

幾秒後，撥出的電話順利接通。

「喂，筱筠姐？」

艾綾的聲音一出現，林筱筠就連忙開口：「艾綾？妳現在在哪裡？」

「沙吱吱……在醫院。」

艾綾那邊的訊號似乎不怎麼好，類似刮擦聲的雜音充斥在話筒中。

「醫院？妳有哪裡不舒服嗎？」聽到敏感的單詞，林筱筠難免有些緊張。

「我沒事……沙吱吱……只是在陪我媽媽。」艾綾平靜地回答，聲音聽起來並無大礙。

總算確認後輩安全的林筱筠，悄悄鬆了口氣。放下心中的大石頭後，她的語調也緩和下來。

「伯母最近還好嗎？」

「我媽媽她……沙吱吱……這幾天病情有慢慢好轉，醫生說，再過一陣子說不定能出院回家。」

「那真是太好了。」林筱筠展開笑容，打從心底替艾綾的媽媽感到高興。

她知道艾綾家一直以來都是母女倆相依為命，母親病倒的事實，想必讓艾綾遭受了不小打擊，今天終於聽到病情好轉的消息，確實值得慶賀。

「不過，最近好像出現了一種新的流感病毒，妳們待在醫院的時候要注意一點哦，口罩什麼的最好還是戴一下。」

「這我知道，從今天開始實施封城對吧？」

「嗯嗯，學校也停課了，好像在疫情趨緩前都放假的樣子。」說到這裡，林筱筠像是突然想起什麼般輕叫了一聲：「對了，艾綾，妳今天有來學校嗎？」

「沙吱吱……沒有欸。」

「可是，我早上好像有在學校旁邊的河堤看到妳，還是其實是我看錯了？」

「唔呃……」面對這句詢問，艾綾產生了微妙的遲疑，「早上的時候，我是有經過學校附近啦……沙吱吱……回家幫媽媽拿東西什麼的。」

「原來……我就想說那應該是妳。」林筱筠點點頭，姑且算是解開了心中的疑問。

或許艾綾當時只是沒把手機帶在身上，所以才沒接到她的電話……嗎？

「那個，筱筠姐，沒什麼其他事的話，我可能得先掛了……沙吱吱吱……吱吱……」

艾綾歉然地說道，背景的雜音突然轉強，幾乎完全蓋過女孩的聲音。

「嗯嗯，沒關係，妳忙吧。如果有什麼需要幫忙的，不要客氣，一定要和我說哦。」

「好，謝謝筱筠姐。」

「那掰掰囉。」和艾綾簡短道別後，林筱筠便切斷通訊。

總有種……不大對勁的感覺。

林筱筠掩住嘴唇，貓妖獨有的第六感，在內心微微顫動。

艾綾的語氣一如往常，沒有任何特異之處，但整段對話就是有種說不出的不自然感。是哪裡？哪個地方透出不尋常的氣息？如果奇怪的不是艾綾，那麼去除兩人的談話後，剩下的部分應該就是答案了。

去除掉對話之後，還剩下什麼？

正當林筱筠絞盡腦汁、在腦內從頭重播自己和艾綾的對話時，手機突然傳來一陣震動。

螢幕上跳出通訊軟體的即時訊息，寄件人是「萬里學弟」。

「這次在城裡爆發的傳染病，可能是由妖怪引起的……請小心安全。」

喃喃念著訊息內容，林筱筠的眼神不禁凝重起來。

妖怪？這個世界上，有能引發疾病的妖怪存在嗎？

——等等。

林筱筠猛然抬起頭。

如果這波疫情真如萬里推測，是由妖怪所引起的，那不就意味著待在家裡也不是絕對安全嗎？

一想到攜帶病原的恐怖妖魔可能就潛伏在門外，恐懼立刻爬上她的背脊。

也許是幾次險些喪命的遭遇，讓貓妖女孩對妖怪帶有的危險性格外敏感，林筱筠深深吸了口氣，才勉強讓自己恢復冷靜，把幾乎要竄出的貓耳、貓尾壓了回去。

用仍殘留著些微顫抖的指尖滑動螢幕，林筱筠這才發現，萬里在訊息末尾寫上了希望自己能幫忙注意不尋常妖氣的請求。

「對了，他好像跑去集訓還是什麼的……」

偏偏在這種時候嗎……

林筱筠用力嘆了口氣，開始著手編寫回覆萬里的訊息。

一隻渾身透明的老鼠從窗沿處溜過，帶著微弱到幾乎無法察覺的妖氣，沒有引起任何人的注意。

老鼠跑呀跑，最後往公寓下方躍落，消失在午後的陽光中。

第六章——疫漫如鼠·貳

全。副。武。裝。

說是全副武裝，其實也不過是在慣常的制服打扮上，多添一副口罩而已。

青雪望著鏡中的倒影，沉思數秒後，將遮擋口鼻的布料一把扯下。

仔細想想，自己幾乎是全靠嗅覺在追蹤妖氣的，如果把鼻子遮住，無異是本末倒置。

「那個笨蛋，居然還叫我戴口罩。」狠狠罵了遠在天邊的萬里一句，青雪使勁推開房間的窗戶。

城市的夜景在眼前一覽無遺。

頒布封城政策後，晚間的街道顯得冷清許多，除了零星的路燈外，商店、餐廳和車輛等光源全都消失無蹤，整座城市靜悄悄的，像是陷入了沉睡。

不遠處能看到正盡職巡邏的警車車燈，青雪算了算時機，抓準警車彎過拐角的空檔，從窗臺一躍而下。

狐耳、狐尾在夜空下盡情伸展，憑藉妖化後的體能，青雪在家家戶戶的樓頂上恣意飛馳，往學校奔去。

她的計畫很簡單，首先，藉由夜色的掩護回到教室——也就是第一次見到「老鼠」的地方——接著從那裡發起追蹤，只要窗臺邊還留有一點點氣味，應該就能循線找到那隻老鼠。

當然，那種微弱的妖氣很可能已經隨著時間消散，要是真變成那樣，就只能採用B方案——全城地毯式搜索。

一想到得幹那種體力工作，青雪的臉就臭了起來，腳下不禁漸漸加快。

呼嘯而過的氣流吹起髮絲，讓她微微瞇起眼睛，眼看再過兩個街區就要抵達學校，一絲若有似無的氣味，卻在某個瞬間竄入鼻尖。

「！」青雪猛地急踩剎車，皮鞋鞋跟在施工大樓的鋼筋上擦出小片火花。

很近。

狐妖女孩急急轉頭，雙眼中的青光在黑暗中劃出一道弧線。

這股妖氣，不像是早上留下的殘餘氣味，而是嶄新的、直到剛才還滯留於附近的妖怪所散發出的味道。

雖然仍舊相當微弱，但這無疑是那隻透明老鼠的氣味，只要青雪集中精神，甚至能判斷出妖氣殘留的路徑，就像撒落泥土地的碎石般，清晰可見。

追？不追？

這樣的問題根本沒必要思考，青雪一個閃身，便往氣味延伸的方向飛竄而出。

左。右。上。右。下。左。上。

微弱的妖氣在街道及房屋間蜿蜒漫行，時而攀上屋頂，時而躍落水溝，紊亂的行動模式讓人摸不著頭緒。但在青雪聚精會神的追蹤下，這樣的花招構不成阻礙，僅僅數分鐘過去，一道細小的身影就出現在視線盡頭。

散發青色光芒的瞳孔驟然縮小，映出在屋頂上方快速奔行的透明老鼠。

找到了！

從來沒想過會這麼容易的青雪，毫不猶豫地加快速度，如離弦箭矢般飛射出去。

及肩短髮一口氣飄向腦後，附加妖化體能的大跳躍，讓數十公尺的距離轉瞬即逝，狐妖女孩全力伸長的指尖，卻意外抓了個空。

渾身透明的老鼠一翻身，迅速鑽入某間公寓敞開的窗縫，沒讓這驚天一撈得逞。

晚了一步的青雪只能降落在隔壁大樓的屋頂上，眼睜睜看著老鼠溜過室內，往房間深處鑽去。

——這下怎麼辦？要直接衝進去嗎？

一名男子打開門，走入房間內，這讓原本想破窗而入的青雪一瞬間陷入猶豫。

——還是乾脆在外面等著？反正只要能持續追蹤到妖氣，就不怕它逃掉。

沒等青雪拿定主意，透明的老鼠便直奔男子身邊，沿著他的小腿攀上，最後消失在褲管裡頭。

下一秒，原本還繚繞在鼻尖的細微妖氣便倏然消失。

青雪緩緩後退一步，尾巴上的細毛全數豎起。

怎麼回事？自己的注意力應該沒有分散才對，為什麼突然感覺不到老鼠的氣息了？

儘管周圍還殘留著一點點氣味，但無庸置疑的是，散發妖氣的來源已經徹底消失，僅僅是些許的變化，卻讓狐妖女孩瞬間提起警戒。

青雪緊盯屋內，看著與老鼠合而為一的男人緩緩、緩緩地吸了口氣……

接著打了個大噴嚏。

哈！啾！

青雪猛地一個縱躍，落在隔壁大樓的水塔上。

一邊感知著周遭空氣的變動，她迅速左右張望了兩眼，再次觀察繚繞在四周的淡淡妖氣。

……原來如此。

青雪眯起雙眼，牙關輕咬。

從剛剛觀察到的現象判斷，那隻透明的老鼠，恐怕就是傳染病的根源吧？

鑽入人類的身體，把妖氣轉換為疾病，讓整座城市陷入恐慌，這便是整起事件的始末。

不過，某個部分對不太上。

如此細小的妖氣，頂多也就引發一人份的疾病，要製造足以席捲城市的疫病潮，可說是遠遠不足。

青雪沉思片刻後，轉身躍下水塔。

打從剛出門開始，她就只顧著趕路，沒有專心把感知的範圍拉廣，一遇上「老鼠」後，又一心一意沉浸在追逐戰中，始終沒能仔細確認周遭的狀況。諸多因素，讓狐妖女孩忽略了某件事實。

奔馳在城市上方，隨著越來越多的細小妖氣竄過鼻間，青雪的掌心漸漸滲出冷汗。

——老鼠不只一隻。

真相的水滴，在內心中蕩漾出陣陣漣漪。

青雪閉上雙眼，任由繚繞城市的風從四面八方包圍住自己。

接著睜開。

透過靈敏的嗅覺，她查覺到了，成千上百道細微的妖氣，像是打翻的蟻窩般，在城市中來回穿梭、鑽動著，這樣的數量絕對足以比擬災害。

這下可好，如果只是一、兩隻的話，大不了一把狐火過去燒掉了事，但面對數量為城市級別的妖怪，青雪可就束手無策了。

「楊萬里，你最好……別太晚回來。」

在一切無法挽回之前。

狐妖女孩的喃喃低語，被雜訊般的鼠鳴掩蓋，融化在夜空之中。

沙吱吱……沙吱吱……

少女行走在醫院的走廊內，早晨的陽光透過成排窗戶灑落，替本該冰冷的空間憑添一絲暖意。

長長的瀏海蓋住雙眼，即便是制服襯衫也隱藏不住的好身材，隨著前進的腳步微微搖晃。

高中一年級學生，僅僅高中一年級就背負許多的女孩——艾綾，輕輕推開診間的門。

「啊，艾綾同學，妳來了啊。」身穿白袍的醫師抬起頭，順手扶了扶眼鏡。

「妳媽媽的檢查報告出來了，麻煩這邊坐。」

艾綾依照指示，在醫師桌前的圓椅上坐了下來。

一向不多話的她，今天也一如往常地靜待對方先開啓話題。

「關於妳媽媽……艾羽女士的病情呢，總之目前是穩定下來了，不過嘛，要說穩定其實也不太正確。」已經有些年紀的醫師扶著額頭，似乎對寫在診斷書上的資料感到有些困惑，「妳媽媽她……正在緩慢地康復中。」

艾綾眨了眨眼，瀏海完美地將這個動作隱藏起來，沒讓任何人發現。

醫師緩慢敲打著原子筆，手指沿著診斷書上的文字劃去。

「雖說繼續保持下去的話，說不定再過一個星期就能出院，但是……嘛，能從那樣的病情中康復，這種例子可說是前所未有，所以就算能夠出院了，我還是建議再多住一陣子，讓我們觀察一下情況會比較好。」

「嗯。」艾綾點點頭，心中不禁雀躍起來。

折磨母親已久的病魔終於退散，前些日子累積的壓力也隨之一掃而空，要說不高興肯定是騙人的，但女孩仍自制著，讓喜悅之情不要表現過頭。

有些事情，慶祝得太早反而容易出現意外。艾綾知道這件事還沒有結束，直到母親真正重拾健康前，都不能有一絲一毫鬆懈。

絕不能鬆懈。

「保險起見，明天下午會替艾羽女士安排一次全身檢查，到時候麻煩妳再來醫院一趟，艾綾同學。」醫師暫時取下眼鏡，如此做出結語。

「好的，謝謝醫師。」艾綾恭敬地彎下身道謝。

儘管知道母親奇蹟似的康復和現代醫學恐怕關連不大，她仍然對盡心盡力救治病人的醫師護士們心存感激。

「對了，最近疫情剛爆發，下次來最好把口罩戴上。我們這邊畢竟是醫院，被傳染的機率還是比外面高上不少。」醫師說著，從桌面上的紙盒中取出一副口罩遞給艾綾，「戴著吧，回到家之前都盡量別摘下來。」

「謝謝。」艾綾乖巧地低頭，接過口罩戴上。

和醫師道別後，女孩離開診療間，重新沿著醫院走廊往外頭走去。

在瀏海和口罩的遮掩下，沒有人能分辨出她臉上的表情。直到步出醫院後，艾綾才找了個無人的角落將口罩摘下。

這附近正好不是警察巡邏的區域，因此她沒費什麼功夫就避開人群回到家裡。

正打算解開大門門鎖時，一通電話打了進來，讓她的動作一頓。

「喂？筱筠姐？」

指尖轉動著鑰匙，女孩順手接起電話，踏入屋內。

通訊的電波飛越天際，與另一則通話交錯而過。

「無論如何，想驅除它們就得先找到巢穴才行，青雪同學，如果拜託妳的話，找到巢穴大概需要多少時間？」

「不確定，最快至少也要三、四天吧。」青雪估算著鼠群的規模，給出了相對保守的答案。

「三、四天啊……那個時間我應該趕得回來。」萬里很快做出決定，「青雪同學，我知道這樣請求很任性，但能不能請妳幫忙找找『疫鼠』的巢穴呢？」

「反正封城也挺討厭的，我不介意幫忙。」青雪輕哼，指尖下意識地握緊手機。

「抱歉，明明身為土地守護者卻沒能盡到責任，回去之後會給妳賠禮的。」

「……那我就不抱期待地等著了。」狐妖女孩的嘴角浮現淺淺的笑容。

「話說回來，青雪同學。」萬里的語氣突然嚴肅起來，「不管是尋找巢穴期間，還是找到巢穴之後，都盡量別和那些老鼠正面接觸，不要嘗試去刺探或戰鬥。雖說每個『疫鼠』族群攜帶的疾病只有一種，對身為妖怪的妳應該不構成威脅，但出現變種的風險還是存在，最好小心一點。」

「我明白了。」青雪點點頭。

「確認巢穴的位置後，就暫時待機等我回來，千萬不要擅自行動哦。」萬里不放心地叮囑道，「以防萬一，我會再想辦法找個幫手給妳，至少調查期間能有個照應。」

「幫手？」青雪皺起眉頭，她可不需要什麼幫手，與其和陌生人打交道，她寧可單獨行動。

「那就先這樣吧，我得趕快去處理回程的事情，先掛了，掰啦。」沒等青雪反應過來，萬里便自顧自丟下這麼一句，接著馬上掛斷電話，完全沒給她提出異議的機會。

「楊萬里，你這傢伙……」青筋在狐妖女孩的額前跳動，意識到自己被擺了一道後，青雪憤憤地咬緊牙關。

城市彼端，另一則通訊也逐漸邁入尾聲。

「嗯，是，醫生說大致上沒什麼問題了，只是還需要住院觀察一陣子……嗯，筱筠姐，謝謝妳的關心……口罩？有、有戴啊，別擔心啦。」艾綾一面回應著林筱筠的詢問，一面走到客廳的落地窗邊，將窗簾拉開一條細縫。

「雜音？哦，那個啊……可能是我家的收訊不好，會很大聲嗎？」

陽光從窗簾縫隙間透入，照亮滿布陰影的室內空間，也照亮了潛伏於艾綾身後的數百隻透明老鼠。

透出泡沫般晶瑩色彩的鼠群，在公寓內四處竄動，發出宛如雜訊的低鳴聲。

沙吱吱……沙吱吱……

火速實施的防疫策略，似乎沒有達到應有的成效。

不過兩天的時間，整座城市已經有將近三分之一的人口感染了疾病，即便已經將大部分病患隔離，疫情散播的速度仍遠超預期。

各路專家學者也透過媒體，開始了「傳染途徑究竟為何」的爭論，光是晚間新聞，就發布了至少三條相關消息

青雪獨自佇立在校舍屋頂，默默滑動手機螢幕。

如果傳染病的起因真是「疫鼠」，那麼這些人類的努力恐怕都只是白費功夫。

逐字逐句讀著新聞公布的資訊，青雪不禁有些感嘆。

之所以沒有一入夜就馬上展開搜索，單純是因為她在等萬里所謂的「幫手」。

想要追蹤鼠群的動向，就必須擁有體察妖氣的能力，以及對人類疾病的抗性。考慮到以上兩點，符合條件的人選就沒剩下多少，沒意外的話，臨危受命來幫忙的恐怕還是熟面孔……

沒過多久，一道以有些笨拙的動作躍上校舍、遠遠奔來的身影，便證實了她的猜想。

「青雪學妹！抱歉讓妳久等了！」

頂著貓耳的林筱筠用力揮了揮手，往青雪面前跑來。

也許是不太習慣妖化後進一步提升的體能，貓妖女孩的腳步顯得有些踉蹌。

「果然是妳啊……」青雪不冷不熱地應了一聲，沒有好好打招呼的意思。

「對不起，因為要做些準備，不小心多花了一點時間。」林筱筠擦擦額前的汗水，露出歉然的表情。

不同於制服裝束的青雪，林筱筠穿著貼身的運動衣褲和跑鞋，一頭長髮也梳成馬尾綁在腦後，十足的戶外風格，讓她一眼看上去就像運動用品廣告的模特兒，充滿了活力。

上下打量了貓妖女孩修長的美腿、以及包裹在緊身上衣中的胸口兩眼，青雪毫不掩飾地冷哼一聲。

「情況我聽萬里學弟說了，是要找出妖怪『疫鼠』的巢穴對吧？我會盡可能配合妳的，青雪學妹，請告訴我該怎麼幫忙吧。」也許是感覺到了青雪身上散發的險惡氣息，林筱筠趕忙說道。

「首先……」狐妖女孩颯爽地往屋頂邊緣一指，「從那個地方跳下去試試。」

「咦咦？」

「開玩笑的。」青雪面無表情地撇撇嘴，感覺完全不像是在開玩笑。

沉默半晌後，她重新抬起臉龐，定定注視著林筱筠。

「妳真的想幫忙？」

「嗯。」林筱筠連忙點頭。

青雪緩緩瞇起蘊含青光的雙眼，罕見地在旁人面前展露妖異的一面。

「我不管楊萬里怎麼說，只是追蹤妖氣的話，我不認為自己需要幫忙。」

「可是……」

「如果妳是為了討好那個男人才來配合我，那就免了，我還沒軟弱到連貓的手都要借來用。」青雪迅速截住林筱筠的話頭，刀刃般鋒利的言詞直刺而去，讓貓妖女孩不禁一怔。

「青雪學妹，我……」

「這可不是在玩遊戲，要是妳沒有真心想幫忙，就回去吧。」完全不介意把話說得難聽，青雪淡淡地扔下這麼一句。

尷尬的寂靜瞬間在一狐一貓間罩下。

仔細想了想後，林筱筠收起笑容，換上認真的神色。

「青雪學妹，請別誤會，我來幫忙不是為了討好誰。」

青雪默默望著她，似乎在評估這句話裡頭有幾分真實。

「雖然論能力，我比起妳和萬里學弟差了不少，可能沒辦法起到太大的作用。老實說，我也不像萬里學弟那樣，對這座城市抱有什麼責任感……」林筱筠輕聲說道。

「就算這樣，我還是想保護身邊的人們。而且，我也不想每次都讓你們兩個去冒險，自己躲在後面。」

正面迎向青雪的視線，林筱筠的神情中沒有半點虛假。

「偶爾一次，我也想成為保護別人的那方。家人、朋友、學校的後輩們，當然也包括妳。」

「我？」青雪挑起眉梢，她可不認為自己需要一隻半妖的保護。

「青雪學妹，在人類的觀念裡，單獨行動是很危險的，這應該也是萬里學弟要我來幫忙的原因。」林筱筠豎起食指，緩聲解釋道：「一直以來，以多人為單位行動的安全性和效率，都比一個人好。不論對手強大還是弱小，互相扶持、避免落單可是生存的第一守則哦。」

「那是人類的守則，我們是妖怪。」青雪毫不領情地反駁。

「但妖怪也有『家人』的觀念，對吧？」

林筱筠的這句話，瞬間堵住了青雪的嘴，讓她說不出半句話來。

「就像這些『疫鼠』一樣，只有一隻的話可能沒什麼，但只要聚集在一起，就能擁有威脅整座城市的力量。」貓妖女孩攤開雙手，掌心中縈繞著人類所自豪的幾個字眼。

家人。伙伴。同袍。朋友。

這也正是人類儘管弱小，卻能建構無數強盛國度的原因之一，靠的便是彼此間相互扶持的力量。

面對數量占絕對優勢的疫鼠群，想必萬里也是考慮到了這點，才不顧青雪意願替她找來幫手。

「……好吧。」青雪別開目光，不太情願地做出妥協。

既然話都說到這份上了，再繼續拒絕下去未免太不留情面。

況且，她其實也並非這麼排斥林筱筠來幫忙，只是不想讓她以半調子的心態加入罷了。探查巢穴的任務肯定會伴隨著危險，她可不想在危急時刻還分神去援助哭哭啼啼的隊友。

「我會盡情使喚妳，能接受嗎？」青雪從口袋裡抽出事先印製好的地圖，冷聲說道：「還有，如果遇到危險，比起確保妳的安全，我會優先選擇逃跑。如果願意接受這兩個條件，我們就一起行動。」

「嗯，我明白了。」林筱筠點了點頭，總算鬆了口氣，「告訴我該怎麼做吧。」

青雪在屋頂上攤開地圖，勾勾手指示意林筱筠靠過來。

「妳能從多遠的距離聞到『疫鼠』？」

「呃，與其說用鼻子聞，我比較像是用直覺來感應。」林筱筠猶豫著這麼回答，「只要靠近到一百公尺的範圍內，就能大致感應到對方的妖氣……當然得充分妖化之後才辦得到。」

「一百公尺夠了。」青雪冷靜地說道，指尖在地圖正中心一劃。

「接下來我們分頭行動，妳往西邊、我往東邊，只要找到『疫鼠』就馬上進行追蹤，直到它入侵宿主的身體而消失為止，最後把這期間移動的路徑和方向紀錄在地圖上。」

像是示範般，青雪用指甲在紙面上刻出一道淺淺的箭頭。

「我懂了，等追蹤到足夠多的『疫鼠』之後，所有箭頭的反邊就會指向巢穴的方向，是不是這樣？」不愧於優等生的名號，林筱筠很快便意會了過來。

「嗯，沒錯。」青雪停了停，不禁有些佩服學姐的思考能力，「追蹤期間，我們定時用手機連絡，每小時一次，一直到早上六點、太陽出來為止。」

「好。」林筱筠用力點頭。

這是簡單直接的計畫，透過大量逆追蹤來推算巢穴位置，儘管費時又費力，卻非常有青雪的風格。

「這份給妳，小心別弄丟了。」青雪將紙張疊好，遞向貓妖女孩。

「咦？那青雪學妹呢？」

「我準備了兩份。」

確認林筱筠將地圖收好後，青雪站起身來，拍拍制服裙上的灰塵。

「提醒妳一下，追蹤期間盡量別走馬路，多利用建築的屋頂或招牌，否則要是被人類的警察發現，會很麻煩。」

「我會記住的，謝謝妳。」林筱筠也跟著站起身，紮起的馬尾在夜空下輕輕搖晃。

一狐一貓背對彼此，以校舍為中心，分別面向東、西兩側。

「從現在開始計時，一小時之後第一次聯絡。」青雪看了看手機上的時間，眼神迅速銳利起來。

「知道了，如果發生什麼狀況，一定要馬上告訴我。」林筱筠深深吸了口氣，一想到自己即將進行追蹤妖怪的任務，心臟就不禁怦怦直跳。

「……各自注意安全吧。」青雪沒有回頭，裹著黑絲襪的足踝踏上樓頂邊緣。「走了。」

僅僅留下這句話，狐妖女孩便縱身躍入黑暗中。

「好，我也得加油！」林筱筠用力拍了拍臉頰，接著稍微壓低重心、拉開弓步，如貓般一彈身軀。

眨眼間，女孩的身影便消失在都市叢林間，不留半點聲息。

依舊是少女的夢境。

夢境中，年幼的艾綾牽著母親的手，在城鎮中緩步而行，灰色的水泥建築四處林立，像是迷宮般包圍住她們。

那是瀏海仍未遮擋住視線、病痛也還沒找上門來的年代。

母親的手掌相當溫暖，光是將之緊握，安心感便油然而生。即便四周的景物相當陌生，小艾綾也沒有絲毫遲疑，努力邁開雙腿跟上母親的腳步。

沒有五官的人群在街道兩側來來去去。

小艾綾一邊走，一邊左顧右盼，眼前詭異的景象讓她不禁有些害怕，要不是母親的掌心依舊傳來溫度，她可能已經轉身逃跑了。

不知不覺間，小艾綾的視角產生了變化。

從原本只到母親腰際的位置，漸漸向上拔高，隨著高度的提升，雙眼能看見的範圍也變得寬廣起來。

街道兩側的行人無比繁忙，接聽電話、洽談公事的聲音混雜在一起，形成一股自帶嗡嗚的噪音浪潮，將街頭巷尾徹底淹沒。

母親的腳步似乎慢了下來，就算艾綾不使勁追趕，也開始能跟上了。

與之相對，從手掌心傳來的暖意……

有點冷卻了。

艾綾猛然抬起頭，這才發現母親的步履已經變得蹣跚不已，就連呼吸也急促起來。

在她反應過來前，母親便脫力地跪倒在地。

——媽媽！

驚叫出口的話語，卻彷彿被深海消除了聲音，僅僅激起一陣泡沫，沒能傳到任何人耳裡。

母親的臉色無比蒼白，痛苦的冷汗從額前流下。意識到情況不對勁的艾綾趕忙蹲下，想將母親攙扶起來，雙手卻使不上半點力氣。

——誰來……誰來幫幫忙？

艾綾焦急地環顧周遭，求救的話語還沒來得及脫口，就被充斥四周的嘈雜聲沖散。無臉人潮自顧自沉浸在各種聯絡、溝通、談判中，完全沒有要理會艾綾母女、也完全沒有要伸出援手的意思。

言。言。言。言。言。言。言。言。

言。言。言。言。言。言。言。言。言。言。言。言。言。言。言。言。言。言。

言。言。言。言。言。言。言。言。言。言。言。言。言。言。言。言。言。言。

言。言。言。言。言。言。言。言。

嗚啊！

巨大的雜音洪流席捲而來，艾綾只能在波浪間載浮載沉，緊緊抱住母親漸漸失去溫度的身體，她用盡全力大叫。

——拜託了！拜託誰來救救我們！

卻沒有得到回應。

艾綾逐一望向沒有五官的人們，眼眶中幾乎要溢出血絲，但不論她如何瞪視，都無法從擠滿大街的人群裡獲得注意。

時間流逝，人流來去，只有她們母女倆還停留在原地。

和這些忙碌到失去五官的人不同，母親沒有獲得通往「未來」的門票。

於是她緩緩低下頭，任由低垂的瀏海蓋住視線，同時遮掩住自己臉上的失落。

為什麼這種事偏偏發生在媽媽身上？明明這個世界上還有好多好多人……

母親的身軀，已經無力到得藉由她的支撐才能勉強不倒下，沉甸甸的重量幾乎要把她壓垮。

艾綾努力撐起肩膀，淚水卻不聽使喚地從眼角溢出。

好想幫助媽媽，好想付出一切替她換回健康，可是光憑自己什麼也做不到……

為什麼沒有人能幫幫忙呢？

哀嘆、不甘心和一絲絲的怨恨，與淚珠混雜在一起，輕輕滴落。

好想念媽媽摸上額頭的手掌，想念家人帶來的安心感，想念那種像是泡在熱水中的暖意……

地面上濺起小小的水花，伴隨少女的嘆息綻放。

於是一隻晶瑩剔透的小老鼠，從未乾的水痕中悄悄鑽出。

接著是兩隻、三隻。

四隻。

五隻。六隻。七隻。八隻。九隻。十隻。十一隻。十二隻。十三隻。十四隻。十五隻。十六隻。十七隻。十八隻。十九隻。二十隻。二十一隻。二十二隻。二十三隻。二十四隻。二十五隻。二十六隻。二十七隻。二十八隻。二十九隻。三十隻。四十隻。五十隻。六十隻。七十隻。八十隻。九十隻。

艾綾睜開雙眼。

頰邊的床單早已被淚水浸溼，替臉龐帶來一絲涼意，醫療儀器的穩定機械音，在病房內悄然迴響。

她又不小心在母親的病床邊睡著了。

艾綾坐起身，望向床上的女人。

比起之前病況最嚴重的時候，母親的氣色好多了，維生用的儀器幾乎盡數拆除，臉頰也終於透出些許紅潤。

只要能繼續保持下去，或許再過不久，母親重拾健康的一天就能到來。

「加油哦，媽媽。」

握緊拳頭替母親打了打氣，少女悄悄離開病房。

第七章

疫漫如鼠・參

經過幾天的密集追蹤，青雪和林筱筠總算大致掌握住「疫鼠」群的行動模式，兩人照例蹲在校舍屋頂上，研究攤開在面前的城市地圖。

兩份紙張上，畫滿了密密麻麻的線條，這些全是根據鼠群行進方向繪製而成的箭頭記號。光從數量，就能看出她們這些天的努力。

「做到這種程度，應該差不多了。」青雪左右看了看拿在手上的圖紙，如此判斷道。

「那……要來看看結果嗎？」林筱筠的心跳漸漸加快，連續幾天日夜顛倒、拚命追蹤鼠群的成果，終於要在此刻展現，讓她不禁緊張起來。

青雪點點頭，將兩張地圖疊在一起，接著用打開手電筒功能的手機湊在下方，讓紙張上的手繪線條彼此重合。

無數箭頭組成漩渦，指向城市某處……

不，並不完全是這樣。

「咦？」林筱筠忍不住發出訝異的聲音，就連青雪也眼神一沉。

追蹤的結果，和她們預想中的情況有些差距。

疊合圖紙後，地圖上產生了兩個漩渦，分別指向城市兩處。

「這是代表『疫鼠』巢穴不只一個的意思嗎？」林筱筠問道，一想到這種可能性，不安感就油然而生。

「不對，妳仔細看箭頭的方向。」青雪指著紙張上的墨線，上百道線條組成的漩渦分為兩個流向。

靠近西側的漩渦，箭頭方向全是往內延伸，靠近東側的漩渦則相反，箭頭全都指向外側。

「西邊的這個地方，是鼠群聚集的位置。」青雪的指尖在地圖上滑動，「東邊這邊，是鼠群發散的位置，兩個不一樣。」

「等等，妳這麼一說，我有印象了。」林筱筠按住額頭，輕叫出聲：「這個地方，東邊的鼠群聚集處，我好像知道是哪裡。」

貓妖女孩連忙拿出手機，一陣操作後，將螢幕遞到青雪面前。

「果然沒錯，是市立醫院。」

網路地圖顯示的地標，與箭頭漩渦指向的位置分毫不差。

「之前一直有看到『疫鼠』跑進去，但醫院裡病人本來就多，所以我就沒特別在意。」林筱筠一面解釋，一面將地圖放大，「這附近也沒有其他設施了，應該就是跑進醫院沒錯。」

正如她所說，市立醫院占地面積相當大，因此不太可能產生誤差，或許「疫鼠」的巢穴就藏在醫院底下？

「那東側這邊有什麼東西？」青雪指著位於城市另一頭的漩渦，無數箭頭由某塊區域發散出來，指向四面八方。

「我看看哦……」林筱筠拉動畫面，讓手機顯示出地圖上的位置，「好像只是普通的住宅區。」

住宅區嗎……

青雪不由得沉默下來。

不同於市立醫院，住宅區的建築分布密集且複雜，就算鎖定特定的區域進行搜查，要確實找到巢穴的難度仍然很高。

「總之，先把狀況告訴楊萬里再說。」青雪這麼做出決定。

在林筱筠的注視下，她稍微走遠幾步，撥通萬里的手機。

無機質的嘟嘟聲沒有持續太久，通話就被接起。

「喂，青雪同學？」

「『疫鼠』巢穴的位置，大概找到了。」青雪開門見山地說道。

「大概？」萬里立刻注意到話語中的不確定因子。

「其中一個在市立醫院，另一個還不太確定，但應該位在城東的住宅區附近。」以這句話為開頭，青雪大致將兩人調查的結果簡述了一遍。

「鼠群的發散地在城東，聚集地在醫院嗎……」靜靜聽完後，萬里喃喃自語道，「這種行動模式，不太像是有兩個巢穴，反而有種從A點跑往B點的感覺。」

「從城東出發，最後在醫院集合嗎？」青雪皺起眉頭，這種可能性她倒是沒考慮過，「不過，『疫鼠』進入人體之後，還能再脫離出來嗎？我還以為它們的生存方式，比較類似寄生那樣……」

「這部分我也不敢斷言。」萬里坦然承認，「畢竟爺爺的筆記我只是大略翻過，所以習性什麼的，可能要等實際觀察後才能確定。」

「那，我們接下來該怎麼做？要先去市立醫院看看嗎？」青雪淡淡地問道。至少有個地點是確定的，只要追著疫鼠群進入醫院，說不定就能發現什麼。

「不，直接闖進醫院的變數太多了，青雪同學，能麻煩妳們先去城東那附近看看狀況嗎？」萬里毅然決然地做出指示，「一切順利的話，我大概今晚就能回去，所以先別躁進。把城東的巢穴位置也掌握住之後，明天我們再一起去調查。」

「好吧。」青雪勉為其難地點點頭。

雖然這種謹慎的作風不太符合她的個性，但萬里說得也沒錯，在準備不充足的情況下闖入群居妖怪的老巢，簡直和徒手觸摸滾水沒兩樣。

「我們待會去城東看看，你回來之後再用訊息說一聲。」

「好，拜託妳們了，記得一定要注意安全。」

「嗯。」收下萬里的叮囑，青雪切斷通訊。

一轉過身，滿懷期待地望著這邊的林筱筠就映入眼簾。

「那個……萬里學弟有說什麼嗎？」貓妖女孩有些忸怩地問道。

「他叫我們先去城東，看能不能把巢穴的具體位置找出來。市立醫院那邊就先放著，等他回來再一起處理。」青雪的語氣平淡，僅僅把必要資訊交代一遍。

「那，萬里學弟有說什麼時候會回來嗎？」林筱筠連忙追問。

「……最快是今天晚上。」

青雪冷眼看著鬆了口氣的林筱筠，彎下身把扔在地上的兩張地圖撿起。

「走吧。」

「咦？現在就出發嗎？不用先做些準備？」

沒等林筱筠反應過來，青雪就獨自走到樓頂邊緣，緩緩蹲下身。

隨著這陣蓄力，高中制服的百褶裙有如花瓣般綻放開來，包裹在黑絲襪中的雙腿迅速摺疊——

旋即猛然一蹬。

狐妖女孩的身影如離弦的箭矢向前飛射，眨眼間，隱沒在夜空之下。

「青雪學妹，等……」來不及攔阻的林筱筠，只能眼睜睜看著青雪消失在視線盡頭，

「怎麼突然這麼急啊……」

為了不被丟下，她只得跟著躍下樓頂，往城東的方向奔去。

隨著一狐一貓漸漸靠近地圖上標記的位置，「疫鼠」的氣味也開始變得濃烈，不論是用味道搜敵的青雪，還是透過妖氣感應的林筱筠，神情都不禁緊繃起來。

兩人不約而同地在住宅區前停下腳步。

因為宵禁而顯得空蕩蕩的街道，此時散發著險惡的氣息。不經意間，數隻零星的「疫鼠」便溜過轉角，往四面散去。

「應該就是這附近了。」青雪意有所指地轉動目光，迅速掃視周圍，「能感覺到什麼嗎？」

林筱筠閉上眼，聚精會神地將貓妖一族特有的感知能力擴展開來。

「前面大概有……二十到三十隻的樣子，數量雖然不多，但分布太密集了，它們又一直在快速移動，很難精確判斷鼠群聚集的位置。」

「我也差不多。」青雪嗅了嗅掠過鼻尖的空氣，凌亂的氣味讓嗅覺追蹤機制幾乎失靈，儘管能大致辨別方向，但要找出巢穴的具體位置，可就有些困難了。

在狐妖和貓妖的能力都不管用的情況下，恐怕還是只能回歸到最原始的搜查方式。

「一個街區一個街區搜過去吧。」思考良久，青雪做出如此結論。

「地毯式搜索嗎？」

「嗯。」青雪點頭，目光轉向眼前的住宅區。

公寓及平房住家林立的小社區，在夜幕籠罩下顯得一片寂靜。儘管占地面積不算太大，但如果把各家各戶都算上，要搜起來應該還是頗費工夫。

「照慣例，分頭行動吧。」

「不行。」出乎意料地，林筱筠一口否決了，「青雪學妹，既然已經這麼靠近『疫鼠』的巢穴了，我覺得還是一起搜查比較好。」

「妳覺得會有危險嗎？」青雪斜眼看過去。

「只是一種預感。」林筱筠頭上的貓耳動了動，臉色中藏著一絲憂心，「這種時候，選擇分開行動通常都不會有什麼好事，我想萬里學弟也會這樣建議我們吧。」

貓的直覺。

青雪微微瞇起雙眼，琢磨著是不是該聽從林筱筠的建議，放棄效率、選擇安全性較高的方案。

然而，當她將視線轉向住宅區時，心臟卻漏跳了一拍。

有人。

並非巡警，並非醫護人員，在這個早該執行宵禁的時間點，有道人影在街道邊緩步行走。因為太過在意「疫鼠」的氣味，反而忽略了目光所及的事物，青雪晚了幾秒才注意到周遭的異常。

「喂，妳看那邊。」青雪迅速扯了扯林筱筠的衣角，指向不遠處的十字路口。

嬌小的身影正好隱沒在轉角，沒有留下半點痕跡。

「咦？那是……」林筱筠睜大雙眼，嘴唇微微張開。

不會錯，絕對不會錯，雖然只有一瞬間看清對方，但貓妖一族絕佳的夜視能力，仍然把那抹身影深深烙印在林筱筠的眼中。

和青雪一模一樣的高中制服，以及長度遮蓋住雙眼的標誌性瀏海——

「是艾綾……嗎？」

「妳認識？」青雪揚起眉角，望向一臉茫然的林筱筠。

「她是我們社團的學妹，前陣子都請假去醫院照顧媽媽，沒有來學校。」

只花了一秒消化資訊，青雪當機立斷地壓低身軀。

「追！」

一狐一貓飛速竄出，往艾綾消失的轉角追去。

才剛趕到路口，身穿制服的嬌小身影便再度隱沒在小巷中，接著又是一個拐彎，讓青雪和林筱筠再次撲空。

——岔路太多了。

青雪咬緊牙關，內心不禁焦躁起來。

老舊住宅區九彎十八拐的地形，讓妖族自豪的速度毫無用武之地，好幾次兩人都幾乎要追到艾綾後頭，下一秒卻又迷失在迷宮般的巷弄中。

雜亂的「疫鼠」妖氣四處瀰漫，不斷擾亂著青雪和林筱筠的感官。在如此情況下，追蹤只能全憑視覺，要不是艾綾的腳程不快，她們恐怕早就被遠遠甩開了。

不過，住宅區的街道再怎麼複雜，也終究有個盡頭，這場追逐戰沒有持續多久，便悄悄邁入尾聲。

在鑽入第一萬條小巷後，艾綾的腳步終於慢了下來。

面前的窄道向前延伸，逕直通往設於住宅區中的小公園，這回再也沒有岔路、沒有任何藏身空間。

——結束了。

從後頭急急趕上的青雪和林筱筠，不約而同地想道。

要比直線衝刺的話，普通人類根本不可能贏過妖怪，打從艾綾踏入這條小巷的那一刻，追逐戰便宣告完結。

「艾綾，等等！」

「別逃！」

一貓一狐同時大叫，鼓足全速衝了過去。

奔入公園內的艾綾緩緩停下腳步，像是回應呼喚般轉過頭來。

「艾綾，妳怎麼會在這裡……」顧不得收起貓耳貓尾，林筱筠連忙想靠過去，卻被青雪一把抓住衣領。

「等一下，別動。」青雪的神情緊繃起來，仔細分辨著掠過鼻尖的氣味。

靠近到這個距離，她才總算發現某件事實，某件……很可能會顛覆過去所有猜測的事實。

「那個人身上的味道，和『疫鼠』的味道一樣。」

「欸？」一股涼意從林筱筠的頭頂透下，她看看身邊的青雪，再看看駐足在公園廣場前的艾綾，一時間不知該做何反應。

青雪冷眼注視著艾綾，這位素昧平生的女孩，將雙眼隱藏在瀏海之下，讓人看不出她的情緒和意圖。就像弱小的動物透過擬態、偽裝來躲避掠食者，艾綾也用著自己的方式，隱藏住某些不想讓外人知道的東西。

比如此刻，青雪就無法看出對方內心的想法。

該逃？該先發制人？還是該嘗試溝通看看？

如果無法從眼神讀出對方的意圖，以上選項便等同陷入迷霧之中。

青雪和林筱筠互看一眼，接著悄悄朝左右兩側拉開距離，以合圍之勢往公園前廣場逼近。

在兩人踏入公園範圍的那刻，無數「疫鼠」便從公園旁的某戶民宅中湧出，如巨浪般朝兩人捲來。

是陷阱！

瞬間意會過來的青雪和林筱筠，才剛來得及後退半步，身邊就立刻被鼠群包圍住。

沙吱吱。沙吱吱。沙吱吱。沙吱吱。沙吱吱。沙吱吱。沙吱吱。沙吱吱。

雜訊般的鼠鳴充斥耳際，大量妖氣層層交織、環繞在公園周遭，形成牢不可破的障壁，將三人關入其中。

直到「疫鼠」組成的浪潮漸趨穩定，艾綾才率先打破沉默。

「筱筠姐，妳們……是來阻止我的嗎？」

沒頭沒尾的話語，卻讓青雪和林筱筠心頭一緊。

不同於關倩被妖怪「鐮鼬」纏身時的情形，艾綾顯然對現況有相當的掌握。

「艾綾。」在青雪沉默的示意下，林筱筠低聲開口，「這些『疫鼠』是妳弄出來的嗎？」

「『疫鼠』？」艾綾歪了歪頭，思索片刻後，才展開笑容，「是在說這些透明的老鼠嗎？它們是來幫助媽媽的哦。」

「幫助媽媽……？」艾綾略帶孩子氣的回答，令林筱筠有些摸不著頭緒。

「原本醫生說，媽媽可能沒辦法撐過這個月了，所以我就很努力地祈禱，希望能有誰來幫幫我們。」艾綾在面前交握指尖，妖異的力量於掌心間隱隱鼓動。

「後來，透明的老鼠就來了，它們出現在家裡、出現在我身邊，然後把『健康』帶到醫院去給媽媽。只要一直繼續下去，媽媽的病就會慢慢好起來哦，醫生也說了，再過幾天就能出院。」

「怎麼可能……『疫鼠』不是帶來疾病的妖怪嗎？怎麼可能拿來治病？」林筱筠忍不住提出質疑，握緊的雙拳因為緊張而微微顫抖。

纏繞在艾綾身邊的氛圍，相當、相當的不對勁，不僅是直覺敏銳的貓妖女孩，就連青雪也能清楚感覺出來。

儘管如此，她的腦袋仍飛速運轉著，沒有讓眼前不利的情勢壓制住思緒。

隨時保持思考——這是青雪親眼見證萬里解決各種妖怪事件後，所悟出的道理。

眼前這位叫做艾綾的女孩剛剛說過，每當鼠群出現，母親的病症就會減緩，甚至開始康復。

對比這陣子調查的結果，「鼠群發散地在城東的住宅區」、「聚集地則在市立醫院」，還有萬里「鼠群是由住宅區前往醫院」的推測……

「不，大概是我們搞錯了。」在心中得出結論後，青雪緩緩開口：「所謂的『疫鼠』，與其說是傳播疾病的妖怪，不如說是『奪取健康的妖怪』。」

如果是這樣的話，一切就說得通了。

「什麼意思？」看著露出盈盈笑靨的艾綾，林筱筠滿臉擔憂地問道。

「簡單來說，這一帶的鼠群，全都是為了回應她『想讓母親痊癒』的願望而聚集起來的，和鐮鼬女那時候的狀況有點像。」青雪一邊做著自己不習慣的解說，一邊悄悄挪動腳步，不動聲色地拉近與艾綾間的距離。

「原本就擁有『奪取健康』特性的疫鼠，現在只是把搶來的健康轉讓給另一個人而已。」

「也就是艾綾的媽媽嗎？」林筱筠終於聽懂了青雪想表達的意思。

回應艾綾呼喚的疫鼠群，把整座城市市民的健康奪走一部份，並將之讓渡給艾綾的母親，以此治癒她身患的絕症。

「這種事……真的有可能辦到嗎？」

「楊萬里也說了，這些疫鼠和記錄上的不太一樣。」青雪冷靜地接口。

根據楊百里傳下來的筆記，「疫鼠」應該是一種通體漆黑、甚至連光線都無法反射的小型妖物，和此時包圍住她們的透明色鼠群差之甚遠。

「如果是『疫鼠』的變種，就沒什麼不可能的。」

「為了回應艾綾的願望，才在形態上產生改變嗎？」林筱筠低聲說道，「從單純的『奪取』，變成『轉讓』……」

「或許吧。」青雪淡淡回答，對她來說，這樣的資訊量已經足夠了。

不需要繼續探究下去，畢竟眼前的狀況已經相當明顯——驅使鼠群的人，正是這位名為艾綾的女孩。

只要打倒她，威脅整座城市的疫病潮便會隨之退散。

狐妖女孩雙手微張。

「艾綾，住手吧，現在還來得及，讓這些『疫鼠』離開吧。」沒有注意到青雪的動作，林筱筠上前一步，努力勸說道：「再這樣下去，說不定會有人因為健康被奪走而失去生命啊。」

「要我停手？」艾綾偏過頭，像是無法理解般地垂下嘴角，「那媽媽怎麼辦？沒有這些『健康』的話，要怎麼把病治好？」

「這……」林筱筠不禁為之語塞，「伯母的事情，總會有辦法的……」

「辦法？如果真有辦法的話，為什麼醫生不說？」艾綾氣勢凌人地打斷林筱筠，鼠群捲起的洪流隨著她漸趨激烈的態度，在公園內掀起陣陣轟鳴。

「你們每個人……每個人都是這樣！大家都把話說得這麼輕巧，明明什麼都不知道！媽媽在努力對抗病魔的時候，你們在哪裡？為了治病去向親戚低頭借錢的時候，你們在哪裡？明明從頭到尾都沒有關心過我們，事到如今，憑什麼要我收手！」

「艾綾……」面對後輩的血淚泣訴，就連林筱筠也不禁產生動搖。

平時的艾綾總是將雙眼隱藏在瀏海下，不讓任何人與她視線交會，因此就連同社團的林筱筠，也不太能讀懂她的情緒。再加上艾綾時常有些孩子氣的發言，讓人總感覺她好像生活無憂無慮，這才令所有人都忽略了艾綾母親重病的事實。

「艾綾，對不起。」林筱筠深深低下頭，眼神中盪漾著懊悔，「這種事情，我應該早點發現的。身為學姐，居然讓妳一個人背負了這麼多壓力，真的對不起。」

「筱筠姐……」面對林筱筠真誠的道歉，艾綾的怒火也稍稍平息下來，她緊閉雙唇，

舉手讓疫鼠群的奔流趨緩，「妳們走吧，以後別出現在我面前了。」

「艾綾，妳還打算繼續下去嗎？」林筱筠沒有挪動腳步，臉上滿是掙扎。

「筱筠姐，我沒有其他選擇。」艾綾伸出食指，讓一隻透明的「疫鼠」攀上指尖，「如果停止奪取健康，媽媽說不定會死。光是有這種可能性，我就不可能收手了。」

林筱筠張了張嘴唇，最後還是沒能找到合適的話語。

母親的性命？還是整座城市的健康？

這種「世界」和「所愛之人」的選擇，本就是從古至今的一大難題。要在一時半刻間參透其中的道理，並以之說服艾綾，難度確實是太高了點。

怎麼辦？難道要放任她驅使「疫鼠」，不斷、不斷地奪取健康，直到奇蹟發生，或是……毀滅一切為止嗎？

「話都說完了嗎？」青雪清冷的聲音從艾綾身後傳來，不知何時，包圍住狐妖女孩的鼠群圈中已經空蕩一片，「那我就不客氣了。」

青色的火焰燃起，往艾綾身後直奔而去。

青雪緊握住右拳，以全力壓縮的狐火發起進攻。

既然確認無法用言語說服，就直接採取正攻！

這記凶猛的奇襲，令林筱筠發出驚呼，然而艾綾卻像是早就預料到了，指尖輕揮間，驅使著鼠群擋下狐火。

無數「疫鼠」在青色火焰的燒灼下融化、溢散，這一阻，替艾綾爭取到足夠的時間展開反擊。

蔓延廣場的鼠群瞬間捲起滔天洪流，朝青雪撲來，儘管知道「疫鼠」挾帶的疾病無法對自己造成影響，但光是這等聲勢，就逼得她不得不飛竄閃避。

「很遺憾，狐狸小姐，我可是一直有在注意著妳哦。」妖氣捲起的氣流將瀏海吹散，露出艾綾明亮的雙眼。

那對目光，自始至終沒有從青雪身上移開過。

「原本想讓妳和筱筠姐一起離開的，嘛……既然妳都主動打過來了，那就別想逃跑哦。」

疫鼠群在艾綾的驅使下，分成十數道細流朝青雪攻去。

狐妖女孩啐了一口，張開雙手，鼓足全力的狐火頓時燃遍周圍。

「青炎亂墜！」

夜狐族專用的大招式熊熊燃燒，散亂的青色火焰將疫鼠群逼退。儘管如此，身為一尾狐妖的青雪，論起妖氣的量自然遠遠不及數以千計的「疫鼠」，幾次對沖之下，青炎築起的障蔽便露出一條細縫。

沒有放過這個機會，艾綾立刻往細縫處一指，成群「疫鼠」直竄而上，讓專心放出狐火的青雪完全來不及做出反應——

「危險！」

一道身影輕盈落至狐妖女孩身前，替她接下了鼠群的撲襲。

在無數透明色「疫鼠」的衝擊下，纖細的身影轉瞬間被淹沒，也許是被下了單純的攻擊指令，鼠群一捕獲到目標，便露出利牙瘋了似地嚙咬，將纏繞在身邊的妖氣盡數咬碎。

「貓女！」青雪連忙回過頭，卻只來得及接住林筱筠軟倒的軀體。

護身妖氣近乎崩散的貓妖女孩，在青雪懷中痛苦地喘氣，貓耳在頭頂上一顫一顫，連回應呼喚的力氣，都隨著「疫鼠」的啃食被消磨殆盡。

發現攻擊到錯誤目標的艾綾，趕忙輕叱一聲，讓爬滿林筱筠身上的鼠群撤開。

「嗚……」林筱筠緊咬牙關，全身在「疫鼠」妖氣的作用下，像是發著高燒般忽冷忽熱，連妖化狀態都險些解除。

不知道是不是她的錯覺，在貓妖事件時留在脖子上的勒痕，似乎也有些隱隱發疼。用雙手抱住幾欲暈去的林筱筠，青雪抬起頭來。

沒想到那個叫艾綾的女孩子出手如此狠絕，如果剛剛挨了那一下，就算是妖氣強度更高的自己，恐怕也很難全身而退。

「居然拿筱筠姐當擋箭牌，不可原諒！」另一方面，一擊失敗的艾綾也難掩怒氣，身後的鼠群再次躁動起來。

「青雪學妹……快逃，我還能……再稍微幫妳擋一擋……」林筱筠強忍妖氣崩散的疼痛，悄悄撐起身體。

貓妖女孩心裡知道，就算此刻瀕臨失控，艾綾多半也不會對自己痛下殺手，但面對青雪可就難說了。

逃？

如果是平常，青雪肯定會毫不猶豫地轉身逃跑，然而林筱筠挺身替自己擋下鼠群的身影，仍深深烙印在腦海中，這讓她的內心深處升起一股難以言喻的煩躁感。

這次不逃了。

「笨蛋，妳該不會真以為硬吃兩次那種攻擊還會沒事吧？」青雪輕輕讓貓妖女孩橫躺在地上，自己則站起身來。

豎直的雙瞳中，燃起充滿鬥志的火焰。

雖然用上這招有點冒險，但現在也顧不得這麼多了。

青雪用右手拇指的指甲刺破左手掌心，任由鮮血倘落在白皙的皮膚上。

於此同時，艾綾身後也捲起鼠群的巨浪，只待女孩一個指令，便會再度蜂擁而上。

拚命想阻止兩人的林筱筠，一時間卻擠不出半點聲音，只能努力用雙手撐起上半身，但光是這個動作，就讓她痛得直冒冷汗。

生死交關的瞬間一觸即發。

「艾綾？」

清亮的嗓音闖入公園，令所有人動作一頓。

從掌心燃起一道深青色離火的青雪、張開嘴唇的林筱筠、正打算揮下手臂的艾綾、以及填滿廣場的成群「疫鼠」，全都隨著這聲呼喚停止動作。

骨碌骨碌。

輪椅駛過石磚的輕響傳入耳中，在眾人的注目下，一對奇異的組合緩緩步入公園。

將一頭長髮尾端紮起、任之垂落胸前的女人安坐在輪椅上，推著她的則是一位頭戴鳥嘴面具、全身罩在厚重長袍下的神祕人。

「媽媽……？」艾綾愣愣地放下手，雙眼中映照出女人的身影。

下一秒，注意到母親身後還有一個人的她，便急急豎起手指。

「你是誰？為什麼把媽媽從醫院帶出來！」

數隻「疫鼠」伴隨少女的質問，朝戴著鳥嘴面具的神祕人身上跳去，卻在碰觸到厚重長袍的瞬間彈了開來。

「艾綾，住手。」艾綾的母親艾羽輕聲說道，溫柔的臉龐閃耀著堅毅，「事情我都聽這位先生說了，奪取別人健康的行為，就到此為止吧。」

「可是，媽媽……」女孩才正打算說點什麼，話語末尾就被母親打斷。

「艾綾，已經夠了。」艾羽的語氣平靜，其中卻透出不由分說的意志。

輪椅一路排開鼠群，緩緩駛向廣場中心，隨著距離漸漸拉近，艾綾也像做錯事被抓到的孩子般陷入慌亂。

「媽媽，為什麼……為什麼妳會跑來這裡？那個人是誰？」

在女孩的心念驅使下，疫鼠群徒勞無功地撞在神祕人身上，卻怎樣也無法突破鳥嘴面具和長袍的防禦。

輪椅停在艾綾跟前，母親柔軟的手掌包覆住她的臉頰。

「已經夠了。」艾羽輕聲低語：「妳很努力了，所以到此為止吧。」

青雪默默扶起林筱筠，讓她靠在自己肩上，一狐一貓屏息觀察著眼前的景象。

「讓老鼠們回去吧，把搶來的健康還給那些人。」艾羽捧著女兒的臉頰，雙眼中滿是溫柔。

「可是……媽媽的病……」艾綾拚命搖頭，淚水從眼角滑下，「如果把健康還回去的話，媽媽要怎麼辦？」

「放心，原本奪取的量就足夠了。」鳥嘴面具下傳來熟悉的聲音，讓青雪和林筱筠心頭一跳，「那可是整座城市的健康啊，用來治療一個人完全綽綽有餘，剩下的份，就好好物歸原主吧。」

那個聲音，那個口氣……

「楊萬里？」代替仍急促喘息著的林筱筠，青雪試探地喚道。

鳥嘴面具人遠遠舉了舉手，算是回應了她們的猜測。

「媽媽的病，已經好了嗎？」艾綾愣愣地詢問，凝視母親仍顯蒼白的臉龐。

「還沒算全好，想恢復健康的話，得再用心休養一陣子，不過至少已經沒有生命危險了。」萬里以醫生的口吻診斷道，「所以艾綾同學，妳可以暫時放心……嘛，話雖如此，之後還是要讓妳媽媽好好調養身體就是了，畢竟疾病這種東西，預防勝於治療啊。」

「嗯……嗯！」艾綾用力點頭，淚珠滾落母親的指縫，留下晶瑩的水痕。

「艾綾，讓妳這麼操心，真的很對不起。」艾羽替女兒整了整額前散亂的髮絲，展開許久未見的笑容。

「妳很努力了呢。」

這句簡短的話語，將艾綾布滿棘刺的內心徹底融化。女孩顫抖著嘴唇，撲進母親懷中。

「媽媽……媽媽……」

艾羽輕輕垂落視線，撫摸著艾綾的額頭，一次又一次，就像女兒年幼時那般。

下個瞬間，圍繞公園廣場的疫鼠群便崩散開來，化為無數透明的光點，朝四面八方飛去。

肥皂泡泡般的光點升上天際，緩緩散入城市各處，民宅半開的窗戶、公寓大樓的陽臺，甚至連貓妖女孩的胸前都有光點灑落。

汲取自整座城市的「健康」，終於在艾綾鬆脫的意志下，交還給無數人們。

想必隔天早上，這陣突然其來的疫病潮便會宣告結束吧。

暫時把時間留給重逢的母女倆，頭戴鳥嘴面具的萬里鬆開輪椅把手，舉步來到青雪和林筱筠面前。

「抱歉，為了準備防護措施多花了點時間，妳們沒事吧？」

「現在還好了……」分到一些治癒之光的林筱筠直起身來，妖氣重新在身邊凝聚。

剛剛被「疫鼠」啃食後突然灼熱起來的頸部勒痕，讓貓妖女孩心有餘悸。

「防護措施……在說你頭上那個東西嗎？」青雪的視線落在鳥嘴面具上。

「啊啊，沒錯，還有這身衣服也是。」萬里順手除下面具，露出顯眼的金髮和爽朗笑容，「大約在中世紀，鼠疫橫行的年代，這套服裝可是醫生的防疫標準配備哦。」

「……這種東西，你是從哪弄來的？」青雪不禁懷疑起來。

總不會是去博物館偷的吧？

「只是趁滯留在外地的期間，隨便找材料做的複製品啦，不是真貨。」也許是看出了青雪眼中的猜疑，萬里苦笑著聳聳肩。

「可是，萬里學弟，你怎麼會知道要把艾綾媽媽找來呢？」林筱筠直到此時仍一臉迷惘。

救星及時趕到自然很好，但就連她們，都是到最後一刻才意識到驅使「疫鼠」的人究竟是誰。

遠在外地的萬里，是怎麼在趕回城市的同時，就馬上滲透真相的呢？

「我是從『鼠群由城東出發，最後聚集於醫院』這個理論開始推想的。」萬里扯下厚重的長袍，將之捲成一團，「『疫鼠』本來就是一種藉由吸收生命力來壯大族群的妖怪，但青雪同學目擊的鼠群，不管是外觀還是規模，都和紀錄上的不一樣，合理推測，應該屬於『疫鼠』的某個變種。」

青雪默默點頭。萬里到此為止的猜測，都和她預想的差不多。

「不過，既然襲擊了整座城市，那麼鼠群的數量應該至少達到上萬……甚至數十萬才對，然而實際上卻沒有那麼多。唯一可能的解釋，就是這些『疫鼠』沒有把奪來的生命力用在壯大族群上，而是分給了某人，身處市立醫院的某個人。」萬里平靜地說道。

「所以我在趕回來的路上，動用一些關係去查了市立醫院的病歷，看看有沒有哪個住院病患，近期有異常的康復紀錄。」

「因為這樣才找到艾綾的媽媽嗎？」林筱筠吁了口氣，有些佩服起金髮男孩的思考能力。

「和伯母稍微談過之後，我就大概知道事情的來龍去脈了。」萬里抓抓頭，神情中流露出歉意，「原本想馬上聯絡妳們的，但手機訊號好像被妖氣結界干擾，沒辦法順利接通。我推測妳們應該和家住城東的艾綾同學碰上了，才馬上帶著伯母趕過來。」

妖氣結界？

青雪和林筱筠四下張望，這才發現周圍靜得超乎尋常。現在回想起來，剛才的連番大鬧，居然沒有引來任何巡邏的警察，看來她們一開始就在不知不覺間，被艾綾拖進「疫鼠」用妖氣築成的結界中了。

「萬里學弟，你會因為這件事情處置艾綾嗎？」林筱筠扯住金髮男孩的衣角，難掩不安地問道。

「處置？我可沒有那種權限。」萬里笑了笑，遠遠望著相擁的艾綾母女。

歸還「健康」之後，受到疫病侵襲的人們會在幾日後慢慢康復，因此以他的立場來說，並沒有什麼好插手的。

意會到萬里言外之意的林筱筠，很快勾起唇角，從地面上站起身來。

「我去看看艾綾學妹她們哦。」

「慢走。」萬里抬起手，目送貓妖女孩的身影奔向廣場中心。

很快的，艾綾就在林筱筠的關心下開啟另一波淚水攻勢，同時不斷向學姐低頭道歉。

「原來妖怪真的會產生變種嗎?」和萬里並肩守望著遠處的暖心光景，青雪悄然開口。

「誰知道呢。」萬里的回答相當微妙，讓狐妖女孩不禁拉回視線，望向他的側臉。

「從原有的妖怪種類產生變異這種事，我也是第一次聽說，當然，爺爺的筆記裡也完全沒提過。」

「完全沒有……?」青雪的雙眼中流露一絲驚訝。

「嗯，完全沒有。」萬里點點頭。

不是變異種?那麼，那些透明的「疫鼠」又是怎麼回事?

「其實也沒什麼好奇怪的啦。」或許是覺得青雪難得露出的詫異神情很有趣，萬里忍不住展開微笑，「妖怪為了回應人類的強烈心願而改變自身樣貌，這種事本來就偶爾會發生啦。」

「是嗎……」

「進一步說，不只是那些低智的小妖，就連人類和部分妖族，都會隨著時間和經歷的增長，慢慢改變外貌、甚至是行事風格啊。所以說，這本來就沒什麼好奇怪的。」萬里說著，臉上透出一抹似笑非笑的神情。

「話說回來，我其實挺開心的。」

「?」

「剛才青雪同學為了保護筱筠學姐，打算強逼妖氣，用還沒獲得的第二條尾巴來應戰對吧？」做過許多功課、因此熟知狐妖特性的萬里，並沒有看漏青雪左手掌心的傷口。

這種預支力量的行為，對本身妖氣就稍顯不足的青雪來說，其實相當危險。

從一開始的獨善其身，到願意為了身邊的人賭上性命，或許狐妖女孩也在不知不覺間產生了些許改變。

青雪陷入沉默。

「……還不是你來得太慢了。」

「呃。」

這句指控直直戳在萬里臉上，讓他只能苦笑。

青雪低下頭，用垂落的髮絲遮住臉龐，讓人看不清她的表情。

一放鬆下來，如利刃般直指喉頭的危機感便再度湧上心頭，讓她渾身微微顫抖。

「……太慢了。」

狐妖女孩伸出手指，用力扯住萬里的衣角。

「太慢了……」

控訴般的低語不斷迴響，連同恐懼一起傳到萬里身邊。

金髮男孩伸出手，像是要安撫青雪不穩的情緒，掌心放上了狐耳之間。

「抱歉，下次我會早點趕到的。」

「下次……不要離開。」

「嗯。」萬里摸著難得老實下來的青雪的頭頂，輕聲說道：「謝謝妳，青雪同學，這段時間辛苦了。」

不只人類，許多妖怪也有「家人」、「同伴」的概念。

為了所愛之人付出、對身邊的伙伴產生依賴，甚至因此改變自身的模樣。

也許正是這股力量，讓成群「疫鼠」回應了艾綾的願望，從漆黑轉為透明、從掠奪轉為給予，最後才釀成這起事件吧。

萬里擅自在心中做出以上註解。

話說回來，給人家添麻煩的賠禮，恐怕得好好考慮一下了。

想起自己和青雪的約定，金髮男孩暗暗苦笑。

良久良久，一人一狐都沒有再開口，任由寂靜籠罩在彼此之間。

這段短暫的初夏插曲，就這麼落下帷幕……

嗎？

「下次再遲到，我就殺了你。」

「欸？」萬里吞了吞口水。看來賠禮的內容，還真的得好好想一想了。

——不知道青雪同學喜歡什麼哦？

萬里開始認真思考。

青雪的目光落在金髮男孩的側臉，久久沒有移開。

第八章
七夕銀橋・壹

夜空。

狐。人。童。童。童。童。童。童。童。童。童。童。師。

自己為什麼會在這裡？

仰躺在草地上的青雪不禁捫心自問。

無垠星空在頭上展開，身邊躺著將手掌枕在後腦、滿臉悠哉的金髮男孩。

乍看之下，深夜山中，年輕男女並肩觀星的景象似乎非常浪漫。然而，此時兩人身邊卻躺著一群國小年紀的孩子，完全破壞了可能存在的曖昧氣氛。

「小朋友，那邊那三顆特別亮的星星，是牛郎星、織女星還有天津四，是有名的夏季大三角哦。」年輕女老師明快的聲音，從不遠處響起，「從這三顆星星延伸出去，可以找到很多有名的星座，大家知道有哪些嗎？」

「我知道！是牛郎座跟織女座！」

「答錯了。」

「欸？」

熱烈搶答瞬間被老師否決掉的小男孩，在黑暗中發出困惑的聲音。

「你們知道的牛郎星和織女星，實際上是分別隸屬天鷹座和天琴座的α星，以這兩個星座為原點向周圍尋找，還能看到天鵝座和武仙座哦。雖然有很多人會把武仙座跟獵戶座搞混，但其實它是源自希臘神話中的大英雄……」

「說成那樣，那些孩子真的能聽懂嗎？」青雪面無表情地向身邊的男孩拋出問題。

「嘛，也沒什麼不好吧，就當作是聽睡前故事？」萬里閉起眼睛，享受微風吹拂的涼意。

「把老師的講課當作睡前故事，這種態度才不好吧，楊萬里。」青雪漠然凝視星空。另一邊，負責統帥這支暑期營隊的年輕女老師，依舊滔滔不絕地講解著星象知識。

「……雖然肉眼幾乎無法觀測到，但織女星附近其實有一個環狀星雲，被命名為戒指星雲，簡直就像牛郎送給織女的婚戒呢。大家知道牛郎和織女的故事嗎？傳說中，牛郎和織女相戀的事被天帝知道，兩人被規定永遠不能見面，最後只能在每年的七月七日……」

「吶，楊萬里。」青雪淡淡地開口，「我們究竟，在這裡幹嘛？」

「居然現在才在糾結這件事嗎？」萬里不禁苦笑，「不就是學姐臨時有事，讓我們來幫她代暑期打工的班嗎？」

「為什麼是國小營隊？為什麼是山上？為什麼這麼多蚊子？」提出以上厭世三問的青雪，眼神早已徹底死去。

「啊哈哈，畢竟青雪同學是室內派的呢。」萬里苦笑著坐起身，撇眼看向狐妖女孩。

穿著寬鬆外衣、短褲加招牌黑絲襪的青雪，此時正生無可戀地躺在身邊。璀璨星空倒映在她黯淡的雙眼中，顯得格外淒美。

「說到底，觀星這種餿主意，是誰想出來的？」

「那邊那位熱情講解中的老師囉。」

「唉……」

「我倒覺得沒什麼不好，夏天不就是要做這種事嗎？游泳啊，露營之類的。」萬里聳聳肩，努力向青雪灌輸正常人的思維。

狐妖女孩卻毫不留情地露出嫌棄眼神。

「……於是織女和牛郎呢，就在喜鵲們搭成的橋上重逢了，真是可喜可賀！可喜可賀！說到這個，據說喜鵲的學名是皮卡皮卡（PikaPika）哦，感覺很可愛吧？真可惜喜鵲不會十萬伏特，不然就可以電死那兩個把鳥鳥當橋踩的狗男女了，啊哈，啊哈哈哈哈！」

年輕女老師似乎做出不得了的發言，把所有小朋友嚇得噤若寒蟬。

「話說回來，明明明天就是七夕情人節了，為什麼我還要在這裡帶營隊啊？就沒有那種身材好又會運動的金髮帥哥邀請我去約會嗎？就沒有人要和我求婚嗎？二十五歲還沒有男朋友錯了嗎？」

話題似乎微妙地偏往奇怪的方向，於是萬里決定無視這個狀況，向青雪伸出手。

「來吧，我們該先回住宿的地方了，還得替大家準備宵夜呢。」

「嗯。」青雪抓住男孩的手，默默起身。

一人一狐留下滿地哀怨眼神的孩子們，往投宿的小木屋區走去。

「妳喜歡星星嗎?青雪同學。」

忙著分裝冰涼的西米露到紙杯時,萬里突然開口。

青雪有些意外地抬起頭。

晶瑩剔透的細小顆粒,隨著勺子傾斜,與銀河般的流體一起奔瀉而下,穩穩收入金髮男孩手握的紙杯中。

「……談不上喜歡或不喜歡。」隔了一秒,青雪才悄聲回答:「對我來說,那是過於遙遠的事物。」

「是嗎?」萬里暫時閉上嘴,專心地把西米露盛入紙杯。

「爺爺他,小時候常常帶我去看星星。」

「楊百里嗎?」想起已故的土地守護者,青雪不禁有些意外。

「嗯,不過那其中沒什麼浪漫的祖孫情存在啦。」不用回頭,萬里光聽狐妖女孩反問的語氣,就知道她疑惑的點是什麼。

那位老人儘管深愛著這片土地,以及生活其上的人類、妖族,卻唯獨對自己的孫子特別嚴厲。

身為守護者一族的接班人,萬里是在比對一般孩子嚴格許多的要求中長大的,和他一起經歷各種事件的青雪,當然察覺到了這點。

也因此,要她想像老百里和小萬里一起和睦看星星的情景,實在有些強人所難。

「許多人類的心念,是和星星連結在一起的。」萬里言簡意賅地解釋。

「？」青雪卻只是默默回以疑惑的眼神。

「人類是一種，喜歡將情感投影到遙遠事物的種族。仰望著滿天星斗，把回憶、想念的人物映照在天際，或是編織出各式各樣的動人故事，藉此得到心靈上的滿足。」

粒。河。河。河。粒。

河。河。河。河。河。河。河。粒。

萬里傾斜勺子，奔瀉而下的銀河立刻衝散杯中的夏季大三角。

「於此同時，被投射情感的事物，也會因為接收人類的心念，而漸漸累積力量，最後透過某些方式，將這些力量投影回原處。」

「……聽不懂。」青雪乾脆地選擇放棄。

「要舉例子的話，比如許多妖族都會藉由月圓之夜，發揮出不同往常的能力。我們人類則擅長使用北斗七星在內的群星，不管是用於指引方向，還是拿來卜算……青雪同學也看我用過吧？」

萬里豎起右手的食指和中指，在空中快速幾個轉折，輕輕虛戳在狐妖女孩的額前。

下一秒，金髮男孩的手就被嫌惡地拍開。

「呃，抱歉。」慢了一拍，萬里才想起自己是在什麼情況下使用這個術式，不禁冷汗直流。

尷尬的氣氛瀰漫在兩人之間，青雪緊咬下唇，默默別開眼神。

寂靜當頭罩下，過了一會，萬里才重新清清喉嚨。

「總之，當時爺爺只是要我記住一些天體的名字，還有投影力量的基礎方法而已，說不上什麼美好回憶。像這樣用輕鬆的心態看星星，對我來說還是第一次。」

「……我也是。」

「青雪同學？」細弱如蚊蚋的回應，讓金髮男孩疑惑地回過頭。

「我說，我也是第一次……」

乒。乓。碰。碰。

「……和別人一起看星星。」斜眼看著從敞開門板外摔進來的年輕女老師，青雪一口氣把話說完。

「我、我可不是在偷聽哦！以為你們在做什麼不可告人的事什麼的，也完全沒有哦！」不顧自己正一屁股跌坐在地面，女老師急忙晃著馬尾解釋，「人家只是想說，孩子們都回來了，差不多該把宵夜端出去……」

「沒關係，我們懂的。」萬里微笑著伸出手，把她從地上拉起。

接觸到年輕男性的肌膚，讓女老師噗的一聲滿臉通紅。

「仔細一想……萬里小弟好像就是我的理想型呢，如、如果沒有女朋友的話，要不要試試看趁夜深人靜的時候出手……」

「那麼，這些我就先端出去囉？老師和青雪同學收拾完廚房之後，也趕快出來吧。」忙著把紙杯放上托盤的萬里，似乎沒有聽到以上的危險發言，確認完宵夜份數正確後，逕自走向小朋友們等候的客廳。

廚房一下子安靜下來。

黑絲襪踩著室內拖鞋，悄悄路過女人身邊。

「偷窺狂。」

「咿……！」

那瞬間，青雪眼中綻放的妖異青光，讓女老師全身寒毛倒豎。

木屋中的燈光全部暗下，一道手電筒光芒，自下而上地照著女老師的臉龐。

成熟中帶點惡作劇的笑容，被晃動的影子抹去艷麗後，染上一股令人發毛的陰森感。

「呼呼呼……說到夏日的夜晚，果然就得來點鬼故事呢。」

圍坐在她身邊的十來位小朋友，紛紛顫抖著縮起肩膀。

「不要啦，我不喜歡鬼故事。」

「不、不能玩一些小遊戲之類的嗎？」

「老師，小紅說她很怕耶。」

「老師，還、還是妳再講一次星星的故事？」

「再講一次牛郎和織女的故事啦。」

「我·拒·絕！」女老師豪邁地大手一揮，「為什麼身為單身狗的我，非得替一群小屁孩講淒美的愛情故事不可？聽好了，明天可不是什麼七夕情人節，而是鬼門開的第七天！什麼情侶之類的，全都皮卡皮卡被喜鵲電死吧！哼哈哈哈哈！」

「她剛剛喝了什麼?」坐在萬里身邊的青雪淡淡地問道。

「加了半罐伏特加的西米露。」金髮男孩無奈地翻過酒瓶瓶身,只見一滴透明液體淒涼地從瓶口滴下,原本還半滿的瓶中物,此時已經半點也不剩。

「給這種人當小學營隊的領隊真的沒問題嗎?」

「您這個問題問得太晚了,青雪同學。」

一人一狐靠在牆角說風涼話時,女老師向身邊圍繞的孩子們露出猙獰的笑容。

「小朋友,你們知道嗎?像這種荒山野嶺,通常都住著妖怪哦。它們尤其喜歡迷惑你們這種可愛的小孩子,把人催眠之後帶回巢穴,或是引誘到懸崖旁邊,再一把人推下去哦,嘿嘿嘿。」

「呀啊!不要!」

「老、老師,小紅哭了啦!」

「老師,不要再講了……」

「哇哇哇啊!」

即使已經有膽小的孩子哭了起來,女老師依舊沒有住口的意思,反而陰風慘慘地笑了起來。

「常常有登山客在山裡迷路,隔天早上才發現,自己昨晚避難的山中小屋根本不存在,吃到的飯菜是一堆蟲子和泥巴。甚至,接待自己的好心人,根·本·不·是·活·人·哦?」

「咿呀啊啊啊啊啊啊啊！」特別膽小的小紅終於忍不住尖叫，惹得圍在她身邊的孩子們也跟著緊張起來。

「這種山裡的妖怪，最喜歡用幻象欺騙人類，尤其喜歡把人類內心深處恐懼的事物……」

「唉，我處理一下好了。」眼看場面漸漸失控，萬里無奈地站起身。

青雪默默舉起手掌，表達「慢走」的心意。

繞過圍坐成一圈的孩子們，萬里來到講鬼故事講得正高興的女老師身邊，輕輕拍了她的肩膀一下。

「抱歉，我能打斷一下嗎？」

「哦？是萬里小弟啊？想阻止我講鬼故事，就得用更恐怖的故事來交換哦？」眼中已滿是醉意的女老師，挑釁地抬起下巴。

「這是當然。」萬里苦笑著舉起雙手，緩緩蹲下身，湊近女老師耳邊，「老師，您剛剛也提到明天是鬼門開的第七天吧？」

「嗯，是啊。」沒有意識到萬里放低音量是為了避免嚇到孩子們，女老師用力點頭。

「其實，我家啊，代代都是從事有關這方面的傳統產業，所以多少知道一些有趣的傳說哦。」金髮男孩將手掌放在她的肩上，低聲呢喃：「比如，鬼門開的時候，流落山間的孤魂野鬼，特別喜歡聽鬼故事呢。只要有人在講，它們就會聚集過來聽。」

「聚、聚集過來？」也許是感覺到背後傳來一絲涼意，女老師的嘴唇有些顫抖。

「這些鬼魂會待在講故事的人的背後，一直聽、一直聽，直到故事講完也不會離開，一旦停止講故事，所有孤魂野鬼就會從那個人的後面……」

萬里沾上西米露冰涼水珠的小指，若有似無地拂過女老師裸露的後頸，讓她忍不住縮起身子。

「我、我剛剛是不是停下來了？」

「沒錯哦。」

「那那那會發生什麼事事事？」女老師的牙關格格打顫。

「它們，會替妳增添『新的恐怖體驗』，好讓故事能繼續下去。」

萬里語音剛落，坐在對面牆角的青雪眼中就綻放妖異的青色光芒。

這一根稻草，直接把女老師心中的駱駝徹底壓垮。

「咿呀啊啊啊啊啊啊！它們來了啊啊啊啊啊啊啊啊啊！」

女老師抱住頭，發出和小紅相差無幾的沒出息尖叫。

「萬萬萬里小弟……請請快教我怎麼麼麼把這些孤魂野鬼請走……拜託……拜託……要要要我做什麼事都可以……」

「真的什麼事都可以？」萬里露出無害的微笑。

「真真真的……就算是色色的要求……我我也可以幫你……」

「那麼，來唱歌吧。」

「咦？」女老師抬起淚汪汪的雙眼。

「只要大家一起開心地唱歌玩遊戲，不管是妖怪還是恐怖的東西，都會自動退避的。」

「真、真的嗎？」

「當然是真的。」

萬里爽朗地拍拍手，讓孩子們都站起來，自己則走到牆角把燈全部打開。

「老師，請讓孩子們唱歌吧。」

「我、我知道了……」驚魂未定的女老師搖搖晃晃地站起身，撐起掛著淚珠的笑容，「那麼，就先從四個八拍開始，女生高音部晚一小節加入……」

不一會，訓練有素的純人聲兒童合唱團就奏響美麗的旋律。

對現況感到滿意的萬里點點頭，回到牆角坐下。

「我也需要迴避嗎？」青雪面無表情地開口。

按照萬里的理論，只要人們唱起歌，所有妖怪和鬼魂就得自動退避，這其中顯然包含身為正統狐妖的青雪。

聽到這個充滿嘲諷意味的問題，金髮男孩抱以一笑。

剛剛確實有刻意壓低聲音了，但果然還是逃不過女孩敏銳的雙耳。

「青雪同學可以留下來哦。」

「這是……差別待遇？」青雪揚起眉梢。

「嗯，因為我也在。」萬里笑著摸了摸狐妖女孩的頭頂，手掌卻被輕輕拍開。

一人一狐，靜靜看著女老師帶領孩子們拔起層層疊疊的高音。

「青雪同學，妳生氣了？」

「沒有。」狐妖女孩交叉手掌，掩住嘴唇，也掩住臉頰上的一抹薄紅。

直到夜深人靜，萬里和青雪才將孩子們分別送回房間。

幸好萬里平時經常鍛鍊體力，才能把不敵酒意倒下的女老師安然送回床上。

「原本接下來預計要開會的，現在怎麼辦？」萬里看著完全睡死的年輕女性，傷腦筋地抓了抓頭。

按照表訂行程，為期兩天一夜的營隊，在第一天晚上時，需要召集領隊與兩位隊輔召開會議，討論隔天的安排、順便確認各種裝備。

結果作為領隊的某單身女子提前倒下了，這讓情況變得有點尷尬。

「還能怎麼辦，我們兩個想辦法解決吧。」青雪搖搖頭，就事論事的話語很有她的風格。

狐尾。狐耳。

剛剛洗好澡的狐妖女孩，全身上下只穿著一件寬大的白色T恤，妖化後的耳朵和尾巴，正大光明地從頭頂和衣襬下伸出，整個完全進入放鬆狀態，讓萬里的眼睛不知道該往哪裡擺。

白色T恤底下，正如「薛丁格的貓」般，不用肉眼觀測就無法確認其真實狀態。

也就是說，青雪的貼身衣物此時正處於「有和沒有」之間。

萬里有些無用地做出了這個結論。

沒有注意到伙伴內心的糾結，狐妖女孩蹲下身，從床底拉出行李袋，還略顯溼潤的短髮貼在後頸，讓泛著紅暈的肌膚更顯嬌嫩。

萬里悄悄靠了過去，看著她從袋子中掏出兩具無線電對講機。

「要先確認無線電的電量嗎？」

「嗯。」青雪簡短地回應一聲，把其中一支對講機交給萬里。

一人一狐同時扭開無線電的電源，略帶雜音的通訊聲立刻響徹耳際。

「……快用完了。」

「我這支也是，應該有帶備用電池或充電器吧？」萬里苦笑著把音量調小。

「應該……在她的袋子裡。」青雪看了在床上安然入睡的女老師一眼。

「那就麻煩青雪同學找找了。」

畢竟由男孩子去翻年輕女性的行李袋，實在不怎麼禮貌。

正當狐妖女孩雙膝跪地、將上半身探入床底，尋找裝有電池的行李袋時，微有所感的她動了動頭頂上的狐耳。

「楊萬里，怎麼了嗎？」青雪稍稍抽回身子，回過頭來。

只見金髮男孩有些尷尬地別開臉，乾咳了一聲。

「那個，青雪同學，快要露出來了。」

「什麼快露出來了？」

「呃，妳應該有穿吧？」

聽到這句話，青雪才發現自己雙膝跪地、壓低上身的動作，會讓白T恤的衣襬略微翻起。

迅速捲起尾巴遮擋毫無防備的臀部，狐妖女孩向後跪坐在地。

尷尬的沉默縈繞在室內。

「……不穿比較好嗎？」

「咦？」

「穿和不穿，人類男性比較偏好哪一種？」青雪仰望天花板。

充滿哲理，不，也許該說「充滿禪意」的提問，在一人一狐間炸開寂靜的煙花。

面對這個無限貼近靈魂本質的問題，萬里陷入沉思。

「我認為，應該是因人而異。」

最終只能得出這種不上不下的答案。

「是嗎……」青雪傾斜著臉龐，露出欲言又止的神情，「楊萬里。」

「什麼事？」

「充電器和電池，已經找到了。」

「啊？是嗎？」萬里趕忙拿起兩具電量瀕臨耗盡的對講機。

取出沒電的電池，換上備用的那份，再把替換下來的電池插上充電器。最後再調整頻道，確定無線電的通訊順暢。

一系列的動作不費吹灰之力就完成了，接著只要確認明天下山的行程，以及妥善分配好領隊工作，就能各自回房睡覺了。

本應是這樣的。

「以防萬一，這個也放進裡面吧。」萬里將一張符咒折小，塞進無線電機體的縫隙中。

「那是什麼？」

「能保持電波不被結界干擾的符咒。」

「還真是現代。」青雪給出了相當中肯的感想。

照理來說，由道家流傳下來的遠古咒術，應該不存在與科技用品互相配合的可能性，但這個土地守護者每次都能另闢蹊徑，創造出前所未聞的術式。

與其說他是天才，不如說，萬里只是單純地沒有走在常規道路上而已。

「剛剛聽到老師講的故事，就覺得還是買個保險比較好。」

用力扣上無線電的背殼，萬里將其中一支交給青雪。

「那麼，我先去洗澡休息了，明天早上六點半見？」

「嗯，明早見。」狐妖女孩舉起手，目送男孩高大的身影離開房間。

然而，此時的萬里和青雪，完全忘記了某件事。

關於領隊其實是三個人，而無線電對講機應該也有三支這件事。

「萬、萬里小弟……欸嘿嘿……」女老師幸福地抱著枕頭，甜美的夢囈從唇邊流下。

第九章——七夕銀橋・貳

隔天早上的行程，在一片風平浪靜中結束了。

拜訪了幾個景點，充分親近森林的綠意和溪水的清涼後，眾人才剛吃完午餐，負責接送的遊覽車就開到定點，準備載他們回到都市的懷抱。

萬里捲起袖子，露出健壯的雙臂，將營隊成員的行李一一搬上遊覽車的置物區。因為同行的領隊中只有一名男性，這種差事自然落到了他身上。

「小黃！小紫！不要亂跑，趕快準備上車囉！」女老師在車門邊猛力揮手，把一對正嘻嘻哈哈打鬧的女孩引導到車上。

正當萬里好不容易搬完行李，女老師也確認營隊的每個小朋友都上車後，新的狀況又層出不窮。

「老師！小紅說她想上廁所！」

「小、小黃，小聲一點啦……」

「老師，我的相機放在房間忘了帶。」

「怎麼每次都這麼粗心呢，小紫？」女老師在無奈之下，只好讓司機先停在原地等待。

「我去拿相機吧？」萬里舉手提議。

小木屋區位於山坡上方，如果要驅車前往，就必須沿著蜿蜒的道路繞一大圈，但徒步的話，只要爬上一段陡峭的木棧道樓梯便能到達。

「那就拜託你了，萬里小弟。」女老師忙著安撫車內孩子們的躁動情緒，實在抽不開身，「不好意思，能請青雪小妹帶孩子們去上廁所嗎？」

儘管青雪馬上露出嫌煩的表情，萬里還是趕緊替她答應下來。

「青雪同學，快結束了，再忍耐一下就好。」

「……嘖。」

「除了小紅以外還有誰要上廁所嗎？」女老師大聲詢問。

結果跟著青雪下車的，除了特別膽小的小紅外，又加上小黃、小紫這對活潑二人組。一下子成為三個年幼少女的保母，狐妖女孩的臉臭到不能再臭。

「我會馬上回來。」注意到搭檔惡劣的心情，萬里只能抱以苦笑。

目送金髮男孩奔上木棧道樓梯後，青雪才發現自己的手掌被一隻柔軟的小手牽住。

「青雪姐姐，心情不好嗎？」小紅怯生生地觀察著狐妖女孩的臉龐。

「沒有。」

面對如此天真無邪的攻勢，就連青雪也只能別開目光。

「走吧，我們去洗手間。」

「好。」小紅點點頭，跟著青雪邁開腳步。

「萬里哥哥好帥！我長大以後想嫁給那種男生！」

「笨……他和青雪姐姐是男女朋友啦，妳看不出來嗎？」

小黃和小紫走在前面，興高采烈地聊著對她們來說略顯過早的戀愛話題。

「咦？青雪姐姐和萬里哥哥在交往嗎？」聽到前方傳來的流言蜚語，小紅忍不住抬起頭。

映入她眼簾的，是狐妖女孩極致嫌棄的表情。

「看、看來沒有呢……」被嚇了一大跳的小紅趕緊收回視線。

把三個孩子送進廁所後，青雪獨自待在洗手臺邊，盯著鏡中的倒影發呆。

老實說，她並非真的這麼討厭人類小孩，而是因為小孩子往往擁有與大人不同的視點。

看破虛假之物的視點。

在邏輯思考能力還沒完全發展的年齡，人類小孩更難用合理的解釋來「欺騙」自己的雙眼，因此能看破許多妖怪的偽裝。

即使是化形能力頂尖的夜狐族，也不例外。

相處時間越久，被看出真身的可能性就越大，這就是為什麼青雪不怎麼喜歡和孩子們待在一起。

事實上，這次營隊她幾乎是寸步不離萬里身邊，打算藉由金髮男孩的光芒來遮掩身分，也難怪小黃和小紫會誤以為兩人在熱戀中。

「並不是什麼男女朋友……」青雪嘆了口氣。

真要說的話，他們現在的身分反而更趨近於「夫妻」。想起往事的狐妖女孩，不禁露出複雜的神色。

自己對那個金髮男孩，究竟是懷抱著怎樣的感情？

從來沒和人類長久相處過的青雪，對胸中湧起的情緒感到困惑。也因此，慢了一拍才察覺異樣。

洗手間的位置距離遊覽車並不遠，透過鏡子的反射，應該能清楚看到停靠在路邊的遊覽車才對。

然而，緊盯鏡面的青雪，卻找不到任何車體存在的痕跡。

周圍靜得有些不自然。

只花了半秒，狐妖女孩就立刻做出反應。

「小紅？小黃？小紫？」她呼喚著女孩們的名字，一個箭步，飛竄進狹小的女生廁所。

幸好三名少女都好好地待在裡頭，動作最慢的小紅也正好從隔間出來，滿臉困惑地望向神情緊繃的青雪。

「怎麼了？青雪姐姐？」

「……快洗洗手，我們得去找萬里哥哥。」有些彆扭地吐出孩子們對萬里的稱呼，狐妖女孩咬住嘴唇。

「咦？不回車上嗎？」

「老師不是說要坐車回家了嗎？」小黃和小紫不解地問道。

「我們現在……迷路了。」青雪冷聲宣布。

「？？？」完全不懂為什麼能在洗手間迷路的紅黃紫三人組，頭上同時冒出大大的問號。

正取回相機往回走的萬里，也在這瞬間停下腳步。

寂寥的山風颳過前一秒還存在的木棧道，捲起陣陣塵土。原本筆直往山坡下延伸的樓梯，此時已經消失無蹤，取而代之的是左右橫向開展的碎石山路。

運動鞋前方，是萬丈深淵。

剛剛如果再往前踏出一步，下場恐怕會相當悽慘。萬里抹去下巴的汗水，眼神格外冷靜。

「這下可麻煩了啊……」

首先要做的第一件事，就是拿出隨身攜帶的土地公公仔，嘗試直接打破困境。

「拜請。」萬里沉穩的聲線在懸崖邊迴盪。

卡通造型的土地公躺在掌心，沒有半點動靜。

距離管轄土地有段距離的山上，無名土地神似乎無法發揮半點力量。

萬里姑且掏出手機，螢幕果然漆黑一片。

越是精密的科技產品，在妖怪的結界中就越容易遇上故障，這是亙古不變的道理。

既然如此……就剩下最後一件事情要確認。

金髮男孩拿出無線電，按住通話鍵，試著送出訊息。

「喂?我是萬里，有人聽得到嗎?」

靜待片刻後，一陣雜訊響起，青雪熟悉的冷淡嗓音出現在無線電另一頭。

「是我，楊萬里，你也被捲進來了嗎?」

「嗯，妳沒事吧？」

「目前沒事。」

「車上的老師和小朋友們呢？」

「小紅、小黃和小紫在我旁邊，但遊覽車整臺不見了。」

「那就好。」萬里鬆了口氣。

「……什麼意思？」青雪可不覺得連人帶車整個消失是好消息。

「妳知道為什麼我們第一天沒碰上麻煩嗎？」

「為什麼？」狐妖女孩的語氣有些不悅，她討厭別人講話時賣關子。

「因為這種妖怪沒辦法一次襲擊太多人，也就是說，這個結界的容納量是有極限的，所以必須趁目標落單的時候出手，而非無差別地把所有人都拖進來。」萬里踢了顆小石子到懸崖下，石子「咻呼──」地迅速變小，最後完全消失。

無線電那頭沉默了一會。

「它的目標，應該是我們兩個吧？」

「八九不離十吧，遊覽車上的人現在應該在結界外，所以不用擔心他們的安全。」萬里一派輕鬆地說道：「接下來只要聯絡老師，讓她從外頭幫忙打破結界，我們就能出去了。」

「你要怎麼連絡她？」

「當然是用加裝防干擾符咒的無線電……」萬里的語尾漸漸落下，「青雪同學，我有在老師的無線電放符咒嗎？」

「沒印象。」

「嗯，我也沒印象。」

「笨蛋。」

「對不起……」

居然犯下如此重大的失誤，萬里沮喪地蹲在地上。

「但你自己一個人的話，應該有辦法脫身吧？不能離開之後，從外側解除結界嗎？」

青雪深知金髮男孩幾乎不受任何咒術、結界限制的能力，於是提出這個建議。

「沒辦法。」儘管沒人看見，萬里還是搖了搖頭，「結界這種東西，從內側解除比從外側輕鬆得多，剛剛說老師能幫忙，只是希望她能擔任座標，讓施展破界咒時能有個參考點而已。我自己先跑出去的話，反而會無計可施。」

「原來如此。」

「另外，一旦脫出妖怪的結界之後，要再進來就難了。我一個人要脫身當然不是問題，但也不能放著青雪同學妳們不管。」萬里站起身，舒展了一下筋骨。

「我明白了，那麼，接下來該怎麼辦？」青雪低聲詢問。

「我們先想辦法會合再說，妳那邊還有三個孩子是嗎？」

「嗯，小紅、小黃、小紫。」

「這樣應該勉強帶得出去……青雪同學，妳會從太陽角度判斷時間嗎？」

手機全部停止運作的現在，也只能依靠古老的方式求生了。

「會。」

「那麼之後每半小時用無線電連絡一次，可以嗎？」收到肯定的回答後，萬里接口。

「知道了，我們該怎麼會合？」

「記得沒錯的話，小木屋區是在接駁站的北方……」萬里檢索著腦中的地圖。「待會青雪同學妳們想辦法往北邊移動，我也會盡可能朝南走，距離拉近到一定程度後，我應該能找到妳們。」

「了解。」

「啊，對了。」在青雪切斷通訊前，萬里連忙提高語調，「有幾件事，妳們一定要記住。」

「什麼事？」

「首先，這片山中的地形已經完全改變了，所有道路、建築、指示牌都是假的，而且隨時會變動，不能相信道路，只能相信方位。」預料到青雪肯定一下就會失去耐性，萬里迅速說明著。

「其次，如果牽了手，就不要放開，一旦放開了，就絕對不能再牽起來。」

「……為什麼？」

「妳永遠不知道，和自己牽手的東西，是不是原本那個人。」

「咿呀……」無線電那頭立刻傳來小紅的尖叫聲，看來和青雪通訊的時候，三個孩子都擠在她身邊，這才讓萬里的警告洩漏出去。

「棲息在山林間的妖怪，都很擅長化形和幻術，所以待會如果看到任何人類，都要提高警戒，就算是認識的人也不例外。還有，盡量別走進任何建築物裡。」

「明白了。」查覺到萬里話語中的急迫，青雪確實地開口回應。

「最後，不要在原地逗留太久，這樣會讓幻術更有可趁之機。保持移動，可以稍微錯亂對方的惡念。這種妖怪喜歡在目標意識動搖的時候趁虛而入，所以無論看到什麼，都必須保持冷靜。」

「我會帶著她們盡可能往北方走。」狐妖女孩淡淡地說道：「楊萬里，你自己也小心點。」

「我知道。」萬里若有所思地看著天空，「青雪同學，如果到傍晚前我們還無法順利會合的話，可能就必須嘗試另一種方法了。」

「別的方法？」

「嗯，絕對不能拖到入夜，否則就算是我，恐怕也很難平安脫身。」

注意到萬里異常嚴肅的語氣，青雪不禁沉默下來。半晌後，狐妖女孩的聲音才重新響起。

「每半個小時連絡一次？」

「每半個小時連絡一次。」萬里點頭確認，接著深吸一口氣，「孩子們就麻煩妳照顧了，青雪同學。」

「……快滾過來接手，我討厭當保母。」

「我……盡量。」金髮男孩忍不住苦笑。

「那麼，我們出發了。」

「路上小心。」

切斷通訊後，萬里將目光移向東西向開展的碎石道路。

自己確實和青雪約定了要往南移動，但顯然這個結界的主人不會提供這種方便。

「好啦，這下該走哪邊呢？」

切斷通訊後，青雪默默放下手中的無線電。

「青雪姐姐，發生什麼事了？」

「為什麼洗手間不見了？」查覺到周圍瀰漫的詭異氣氛，小黃和小紫不安地緊靠過來。

膽子最小的小紅，更是早已將臉龐埋入青雪懷裡。

三人一狐，站在僅有一條碎石道路橫亙的曠野中。

精心修建的柏油路、充滿文明氣息的公用洗手間，全都在不知不覺間消失無蹤。

「……走吧。」狐妖女孩邁出腳步。

「要、要去哪裡？」

「青雪姐姐，我好怕哦……」

「嗚嗚……」

衣角、裙襬被六隻小手緊緊抓住，面對三位年幼少女熱淚盈眶的攻勢，青雪有些招架不住。

如果在這邊詳細說明狀況，恐怕會讓孩子們陷入混亂和恐慌，對現況一點幫助也沒有。自己果然不適合當保母。深深體認到這個事實，狐妖女孩換了個方向思考。

那個男人的話，會怎麼做？

如果是楊萬里，這時候會用什麼方式安撫孩子們？

輕嘆一口氣後，青雪蹲下身，有些彆扭地摸了摸小紅、小黃和小紫的頭頂。

「我們迷路了，現在要去找萬里哥哥，他會想辦法帶大家回家。」

「萬里哥哥……嗎？」

「小、小紫知道了！」

「小紅會乖乖的。」

楊萬里的名字似乎讓她們產生了安定感，小黃、小紫和小紅一起用力點了點頭。

不愧是以守護者為名的家族傳人，只是短短兩天的相處時間，就已經將穩定、可靠的印象植入周遭人們的腦海中了。

青雪不禁暗暗嘆了口氣。

就連自己也一樣。

按照狐妖的天性，危急時丟下身邊不必要的累贅、獨自逃竄，才是追求最大化生還可能性的最佳選擇。

但是，當萬里從無線電另一頭捎來「孩子們就拜託妳了」的訊息時，她還是下意識地點頭答應了。

什麼時候，人類氾濫的溫柔也擴散到自己身上了？

「待會，妳們千萬不要離開我身邊，不管看到什麼，都把它們當成假的，知道了嗎？」

紅黃紫三名少女連忙點頭。

「不要進任何建築物，也不要和陌生人說話，緊緊跟著我就好。」儘管很不習慣，青雪還是努力模仿著萬里安撫人時的語氣，「總之……我們出發吧。」

「嗯！」

「青雪姐姐，小黃會加油的！」

「小紫也是！」

蹩腳的打氣話語似乎意外有效，三名少女很快打起精神，跟在狐妖女孩身邊，沿著碎石路往前走去。

士氣高昂的行軍沒有持續多久，青雪小隊就不得不停下腳步。

碎石道路的盡頭，通往一座老舊的三合院。玻璃窗全數粉碎，木製窗格也處處斷裂，破損的門板傾倒在地，遍地都是木片碎屑與厚厚堆積的灰塵。

空蕩蕩的院落間，瀰漫著濃厚的破敗氣息

「怎、怎麼辦？青雪姐姐？」

「要往回走嗎？」小黃和小紫緊緊靠在青雪腰側，提心吊膽地窺視著前方狀況。

小紅的臉龐，則早已和青雪的後背合為一體，完全不敢抬頭發表意見。

狐妖女孩的內心警鐘大響。

「……先往回走。」儘管迅速下了這樣的判斷，青雪還是暗暗覺得不妙。

果然，回頭往反方向走了一陣後，一模一樣的院落又出現在她們面前。

一樣的死路，一樣的老舊三合院。

塵土、鐵鏽與發霉木製品的氣味充斥鼻腔。

青雪沉默地一揮手，示意孩子們退回原路。

——不要進入任何建築物。

萬里的警告仍舊迴盪在耳邊。

然而，結界的主人沒有給她們任何選擇——第三次遇上死路時，青雪確定了這點。

想要往南走，就必須正面突破這座老舊的三合院。

定時聯絡的半小時很快就到了。

「楊萬里，我們被困住了。」無線電一接通，青雪開門見山地表示。

「說得詳細點。」金髮男孩的聲音依舊沉穩。

聽完狐妖女孩的敘述後，萬里安靜了一會。

「看來，不想辦法正面突破的話，妳們似乎就無法繼續前進？」

「嗯，我也是這麼想。」青雪淡淡地說道：「重點是，要用什麼方法突破。」

「總之，千萬不要用狐火亂燒。如果妳的真實身分暴露了，我擔心妖怪會利用這點激起孩子們的恐懼心，要是小紅她們四散亂跑，那就麻煩了。」

「……不然該怎麼做？」青雪的語氣一滯。

剛剛有某個瞬間，她還真的打算直接召來狐火開路。

「關於這點，我有個想法。」

萬里的提議，讓狐妖女孩不禁微微睜大雙眼。

於是通訊切斷，青雪小隊重新踏上旅途。

不費吹灰之力，三人一狐再度來到老舊的三合院前。

——三合院正中間的房間叫作「神明廳」，是供奉祖先、神明的地方，妖怪和鬼物無法入侵。如果我猜得沒錯，只要成功抵達神明廳，那座三合院就會自動消失了。

萬里信誓旦旦豎起拇指的模樣，縈繞在青雪的腦海中。

「吶，青雪姐姐，我們真的要進去嗎？」小黃緊緊抓住狐妖女孩衣角，幼小的身軀止不住顫抖。

「不、不能原路返回嗎？」涙水在小紫的眼眶中打轉。

而小紅……早就怕得整個人埋在青雪懷裡了。

「別擔心，萬里哥哥說過沒問題的。」青雪毫不猶豫地開始推卸責任。

萬里的名字給了年幼少女們莫名的信心，在狐妖女孩的領路下，三人一狐踏入了老舊的三合院。

目標是院落盡頭的神明廳，青雪帶著紅黃紫三人，緩緩、緩緩走過空蕩的前庭。

房屋左側，只剩一半軸承還固定在門框上的破舊木門，孤零零地在風中晃動著。

吱——呀——吱——呀——

近乎固體的寂靜包圍住她們，讓一舉一動都顯得引人注目。

鞋底踩在滿布石粉的地面上，響起「喀沙……喀沙……」的細碎聲響。

於此同時，板材裸露的薄薄木門也著隨風勢搖晃，發出刺耳的摩擦聲。

吱——呀——吱——呀——

喀沙……喀沙……

吱——呀——吱——呀——

碰！

突然其來的巨響，讓三人一狐同時嚇得跳了起來。

年久失修的門軸終於宣告報廢，隨著唯一的支撐驟然消失，老舊門板轟然倒地。

充滿腐朽氣味的塵土四面揚起，將她們的視線吸引過去。越過失去遮蔽的門框，能一眼窺見左側房屋的室內景象。

一反老舊三合院給人的印象，房屋內部的裝潢充滿都會公寓風格，潔淨的素色牆面、材質光滑的地磚，處處都顯示著居家感。

一對男女背對著她們、相偕而立，兩人的手臂彼此交疊，輕輕搖著面前的嬰兒床。

「咦?那是……小黃家?」小紫率先發出聲音。

「爸爸?媽媽?」認出熟悉背影的小黃，呆呆地喊道。

聽到這聲呼喚的男女立刻轉過身。

理應存在五官的地方，卻是空白一片。

「咿呀啊啊啊啊啊啊！」

小紅的尖叫聲劃過天際，這瞬間，無臉男女像是開關被打開一樣，急速往她們的方向衝來。

它們的肢體扭曲著，如非人般瘋狂抖動，只有一秒，十數公尺的距離就化為虛無。

「不要啊啊啊啊啊啊啊啊啊啊啊！」

三人一狐立刻沒命地往神明廳狂奔。

押隊跑在最後面的青雪，幾乎能感受到手掌揮過後頸的涼意。

直到她們衝進神明廳的對開式大門，老舊三合院的幻象才搖曳著漸漸消失。

「呼、呼……呼啊……」

不管是平時活蹦亂跳的小黃和小紫，還是個性文靜的小紅，此時臉頰都滿布冷汗，只能緊抓著青雪的裙襬猛喘氣。看著這樣的情況，狐妖女孩硬是壓下一聲嘆息。

雖然不想承認，但萬里提供的建議確實有用。證據就是，眼前再度出現往前延伸的碎石道路，而非阻斷前行的懸崖峭壁。

神明廳的位置，也確實庇護她們度過無臉人形的襲擊，一切似乎都在預料之內。

然而，青雪實在不敢確定，小紅她們還能承受多少次剛才那樣的精神衝擊。

「快來會合吧，楊萬里……」

另一邊的萬里，此時也正傷透腦筋。

結界的主人似乎知道幻術、騙術一類的把戲對他效果有限，因此沒有搞三合院那套，反而不斷在前進的路線上設置障礙，逼迫他繞道或變更方向。

在第一萬次被一模一樣的無底深淵擋住去路時，萬里忍不住有些沮喪。連續遇到這麼多次了無新意的路障，就連他也有點膩了。

「至少來點變化吧？妖怪先生。」

這句無奈的抗議，在山谷間空虛地迴盪。

這個心願，很快反應到了青雪小隊那邊。

同樣的三合院，同樣在風中晃動的門板。

隱約預期到會發生什麼事的三名女孩，緊緊靠在青雪身邊，半步也不敢遠離。

吱——呀——吱——呀——

儘管搖晃的門板還沒倒下，她們的視線卻依舊在無意識間飄了過去。

半開的門扉後，是一張單人床，印有粉紫色條紋的床單很有少女風味。

「……那是我的床！」眼尖的小紫立刻發覺不對勁。

「床底下……床底下……」小黃的牙關格格打顫。

一道黑影在床板下顯現。

擁有中年人的面部與身形、手腳卻異常細長的詭異生物，像是某種昆蟲般，倒掛著身軀爬出床底下。

在三人一狐的屏息注視下，詭異生物大大伸展從雙肩與腰側長出的兩對手臂，分別抓住床頭木柱、粉紫色床單等處，一使力間，整隻翻了上來。

中年人的臉孔顫抖著，扭出一個毛骨悚然的笑容，長長的舌頭掛至胸前。

「又……」小紅全身發抖，「又來了啊啊啊啊啊啊啊啊啊啊啊！」

不用青雪提醒，三名少女立刻往神明廳衝去。

同一時間，中年人樣貌的詭異生物也撞破門板，六足並用地朝她們飛速爬來。

「那是什麼東西啦?!」小黃忍不住崩潰大叫。

「嗚嗚……嗚咕……」小紫踉踉蹌蹌地前進，視線被淚水模糊成一片。

青雪一把撈起差點跌倒的小紫，順便把跑得最慢的小紅也帶上，迅速向前直竄。

抵達神明廳內部的瞬間，詭異生物彷彿一頭撞進液態果凍，定格在飛撲過來的姿勢，與三合院一起慢慢融化、消失。

——那到底是什麼東西？

青雪一面伸手安撫驚魂未定的孩子們，一面暗暗思考。

據萬里所說，山中鬼物會引出人們內心中的恐懼，以之打擊心靈。一旦目標的精神虛弱下來，它們就會一擁而上，將其化為餌食。

根據前面的情況判斷，第一座三合院多半寄宿著小黃的心魔，第二座則是小紫的……

那麼，接下來就會換到小紅或自己了吧？

查覺到這點的青雪立刻提起警戒。

「小紅，待會如果又遇到另一個三合院，妳千萬別抬頭看……」狐妖女孩對自己的心魔算是心裡有數，於是轉向四名年幼的少女，打算提前警告她們。

但是，異樣感卻在心中盪漾開來。

小黃、小紫、小紅，還有一個……是誰？

「青雪姐姐？」被點到名的小紅不解地歪著頭，小手與另一名少女緊緊相握。

青雪的心臟急速下沉。

「小紅……妳旁邊……那個……」小黃結結巴巴地說道。

「嗚呀……」小紫害怕地連退兩步

這時才注意到伙伴們都在面前的小紅，像是生鏽的機器人般，慢慢、慢慢轉過頭。緊握著她掌心的，是一名雙眼腥紅、嘴角咧開到耳際的少女。

「哇啊啊啊啊?!」

受到驚嚇的小紅，急忙想甩掉裂嘴少女的手，緊緊貼合的掌心卻彷彿附有磁力，怎麼也甩不開。

下一秒，裂嘴少女猛然伸出空著的那隻手，往小紅的肩膀抓去。

「不要啊啊啊啊啊啊啊啊啊！」

電光石火間，小紅微微偏頭、翻轉手腕，右拳劃過裂嘴少女的手肘外側，讓雙方的手臂在一瞬間彼此交叉。

反。擊。拳。

足以媲美現役拳擊手的雄渾一擊，狠狠砸在對方臉上，遭受衝擊的裂嘴少女臉龐立刻扁了下去。

小黃和小紫張大嘴巴，就連青雪也不禁睜大雙眼。

前一秒還糾纏著小紅的少女身影，靜靜向後倒去，化為一縷輕煙消散在空氣中。

「好、好強。」

「我以後……要對小紅好一點。」

小黃和小紫發自內心地述說感想。

碎石路無窮無盡地往遠方延伸。

儘管青雪小隊盡可能依著萬里的指示往北前進，路上卻頻頻受到地形阻撓，導致實際行走的方向更偏西北一些。

數次定時聯絡過去，萬里和青雪小隊仍然無法順利碰頭。眼看太陽落下的角度早已過半，青雪內心的煩躁感翻騰不已，帶領孩子們前進的腳步也不自覺地加快。

就在此時，第三座院落出現在她們面前。

現在光是看到三合院就嚇得發抖的紅黃紫三人，同時往青雪背後縮去。

狐妖女孩瞇起雙眼。

她知道，這是屬於自己的試煉。

她甚至大概能猜中，三合院裡有著什麼東西。

深吸一口氣後，青雪帶著黏在她身後的三個孩子往前走去。

一左。一右。

兩根高聳的鐵刺，矗立在三合院的前庭中。

一左。一右。

兩具屍體，掛在鏽跡斑斑的鐵刺上。

左邊是男人，右邊是女人。

不管哪邊，屍體的雙眼都被挖去，乾涸的血跡從嘴角、鼻腔與空蕩蕩的眼窩中淌落。

與青雪擁有相同毛色的狐耳，從男人及女人的頭頂豎起，失去光澤的蓬亂尾巴垂掛在雙腿之間，一搖，一晃。

男人擁有四條尾巴，女人則是三條。

暈眩感襲向青雪，讓她忍不住摀住嘴唇，壓下一陣乾嘔。

並不是因為覺得噁心，而是內心深處潛藏的恐懼再度復甦……

毫。無。保。留。地。重。現。在。眼。前。

狐妖女孩猛然彎下腰，睜大的瞳孔顫抖著、緩緩豎直，妖異的青色染滿視線。

「青雪姐姐，妳怎麼了？」

「不、不舒服的話，我們先退出去好不好？」

「青雪姐姐……」

發現青雪的樣子不太對勁，孩子們急忙扯住她的衣角。

「……我沒事。」青雪勉強壓抑住遇險時妖化的衝動，緩緩直起腰際。

接下來映入眼簾的景象，卻讓她心頭一震。

從左側房舍的半毀門扉後，走出一道身影。

頭戴斗笠、身穿袈裟的枯瘦人影，踩著近乎虛無的腳步，來到屋簷的遮蔭處。

標誌性的長鐵刺，輕靠在他肩上。

即便是幻影，男人身上纏繞的混沌氣息，仍然讓周圍的溫度瞬間冷卻下來。

冷顫占據了青雪的雙膝，使她無法使出平時的迅捷身法逃脫，只能眼睜睜看著那道人影緩緩轉過頭，將冰冷如金屬的視線刺在自己身上。

——快逃！

青雪的本能大叫。

——那只是幻影！是假的！

青雪的理性大叫。

但是腦海中卻有一個聲音是這麼說的……

——妳，會死。

就在這裡，孤零零地死去。就像鐵刺上掛著的那兩具屍身，毫無價值、毫無意義地死去。

會死。會死。會死。會死。會死。會死。會死。會死。會死。會死。會死。會死。會死。

會死。會死。會死。會死。會死。會死。會死。會死。會死。會死。會死。會死。會死。

會死。

感受到青雪散發出的恐懼，圍繞在她身邊的少女們也完全動彈不得，四對視線茫然地看著枯瘦人影慢慢走下臺階，慢慢，往她們走來。

直到一陣刺耳的雜訊響起。

來源是青雪手中的對講機。

「喂？青雪同學？聽得到嗎？」

令人放心的沉穩聲音，將暖流重新注入三人一狐僵硬的手腳中。

「我是萬里，妳們那邊情況還好嗎？」

「快跑！」恢復意識的青雪，第一時間下達指令。

所有人立刻拔腿狂奔。

鐵刺在虛空中高高揮起，追著小紅的背後刺去，卻被瞬間妖化的青雪用爪子硬碰硬地擋了下來。

乾澀的爆響震動空氣，僅僅是一回合的交鋒，狐妖女孩就被震飛老遠。

身在空中的青雪順勢扭動腰肢、乘著慣性往前方急竄，並在著地的同時收回狐耳和尾巴，追著孩子們往神明廳奔去。

對開式木門在面前大大敞開，紅、黃、紫三名女孩依序進入室內，晚了半秒，青雪也安然抵達，順便在躍過門檻時一揮雙手，將兩扇門板重重關上。

室內一片靜默。

「安、安全了嗎……」小黃提心吊膽地環視周圍。

「房子……開始變淡了，所以應該沒事……」

小紫才回答到一半，靠在門邊的青雪便急忙偏過頭。

下個瞬間，粗大的鐵刺貫穿門板，劃破狐妖女孩臉龐前一秒所在的位置。

「伊呀啊啊啊啊啊！」

「騙人的吧?!」

「又來了啊啊啊啊啊！」

三名女孩同聲尖叫，青雪也咬牙向後飛退，緊握雙拳中的狐火。

只要神明廳有任何被突破的跡象，她也不打算有所保留了。

然而，正當三人一狐的緊張感提升到最高點時，圍繞在身邊的木柱、牆板卻乾脆地直接消失，就連一根釘子都沒剩下。

老舊三合院回歸虛無，只留下不斷延伸、直至山坡轉彎處的碎石路。

「青雪同學？青雪同學？聽得到嗎？」似乎透過無線電聽見了打鬥聲，萬里的語氣有些急促。

「……聽得到。」感受著胸腔中狂跳的心臟，青雪按下通話鍵。

「剛剛好像有聽到尖叫聲，妳們都沒事吧？」

「現在沒事了。」儘管喉嚨中還殘留著些許嘔吐的衝動，狐妖女孩仍如此回答，順便示意驚魂未定的孩子們繼續往前走。

「青雪同學，距離傍晚已經沒剩多少時間，我想應該很難在入夜前和妳們碰頭了，可能得實行B計畫。」

「B計畫？」青雪知道萬里一向心思縝密，卻沒想到在這種困境中，他還能妥善安排後手。

「嗯，我現在就詳細說明，妳看得到第二高的那座山頭嗎？」

「第二高……」青雪順著指示抬起目光。

還來不及仔細估算附近群山的高度，一道熟悉的身影就從山坡入彎處轉了出來。身材高大的金髮男孩，邊走邊將無線電對講機靠在嘴邊。

無疑是和她們失散已久的楊萬里。

「萬里哥哥！」小黃第一個發出歡呼。

小紅、小紫也開心地連連揮手。

看來剛剛一陣亂轉，讓兩組人馬誤打誤撞地會合了。

青雪長吁一口氣，隨手切斷通訊，跟在興高采烈的少女們後頭，往山坡入彎處走去。

看來是不需要什麼B計畫了。

遠遠發現她們的金髮男孩，也放下無線電，加快腳步趕來。

久別重逢……其實也就分開幾小時的幾個人加一隻妖怪，終於在漫長的碎石路中央重新相聚。

「大家都還好嗎？有沒有人受傷？」一把接住朝自己撲來的小黃和小紫，萬里展開陽光燦爛的笑容。

「沒、沒有受傷，可是……」

「剛剛好可怕哦嗚嗚……」

好不容易安下心來的小黃和小紫，立刻纏著金髮男孩撒嬌，就連一向害羞的小紅也跑到萬里腳邊，想找個空隙鑽進去討抱。

青雪默默走上前。

「青雪同學也沒事吧？」百忙中抽出一隻手揉了揉小紅的頭，萬里將目光轉向狐妖女孩，「有哪裡受傷嗎？」

「沒事。」

雖然剛剛硬接鐵刺的那隻手，指尖依舊刺骨生疼，但青雪還是選擇將事實隱瞞下來。金髮男孩認真注視著她的臉龐一會，才緩緩點頭。

「差不多得帶妳們離開了，這座山裡的妖怪凶得很，繼續拖下去會很危險。」

「嗯。」青雪面無表情地點頭，「小紅、小黃、小紫，先到這邊來，不要打擾萬里哥哥。」

聽到青雪的呼喚，三名少女不情不願地離開萬里身邊。

一眨眼間，雙手齊張、朝萬里猛撲過去的狐妖女孩，被一隻健壯的手臂扼住喉嚨，舉到半空中。

「怎麼發現的？」金髮男孩的面容扭曲著，歪出一抹獰笑。

「味道……不一樣……楊萬里……不是……這個味道……」青雪拚命想掰開勒住脖頸的手掌，指甲卻陷入一片泥濘般的溼黏觸感中。

眼前的楊萬里，是妖怪偽裝的。

三名少女的尖叫聲傳入耳際，無數觸手般的溼泥從地面鑽出，將她們牢牢束縛。

眼看物理攻擊不奏效，青雪立刻想放出狐火反擊，但假萬里的手臂卻蠕動著大大變形，將她來不及從脖頸邊抽開的雙手封入溼泥中。

青雪掙扎著踢動雙腿，卻完全傷不到對方分毫。

——糟糕了……

這樣下去，會死。

意識隨著缺氧漸漸模糊，絕望感無可避免地滲透內心。

溼泥灌入青雪因渴求空氣而張開的口唇，扯開她的衣領、緊緊捆住四肢，不管如何掙扎，力量都像是沉入泥沼般立刻消失無蹤。

很快地，溼泥就蓋過青雪黯淡下來的雙眼，將她完全吞沒。

直到一道清亮、空靈的樂音響起。

略帶稚嫩的嗓音，在樹梢悠揚飛翔，慢了幾秒後，兩個不同音階的旋律也加入合聲。

——先從四個八拍開始，女生高音部晚一小節加入。

這是來自老師的教誨。

——只要大家一起開心地唱歌，不管是妖怪還是恐怖的東西，都會自動退避的。

這是來自某個金髮男孩的建議。

於是被溼泥困住的小紅努力壓下恐懼，將自己的歌聲送上天際。

小黃和小紫見狀，也馬上加入合音。

在束縛眾人的妖物意識到要將她們的嘴封住前，纏繞三人的溼泥已經如乾涸般一塊塊崩落、碎開。

歌聲迴盪下，偽裝成萬里的泥塊也迅速融化，緩緩沉入地面。

綑綁狐妖女孩的溼泥隨之解開，青雪重獲自由後，立刻跪倒在地，連連嗆咳。

十數秒後，終於喘不過氣來的小紅等人，才慢慢收起合音。

此時的碎石路面已經回歸寂靜，除了三人一狐外，什麼東西也沒有。

「青雪姐姐……」

「青雪姐姐，妳沒事吧？」

「有沒有哪裡痛？」

看著往自己身邊一擁而上的三名少女，青雪只是搖搖頭。

「無線電……咳咳！」

聽懂意思的小紫急忙回頭，替青雪拾起剛剛她撲向假萬里時弄掉的無線電。

接過稍微沾上灰塵的對講機，狐妖女孩抹了抹嘴角，重新按下通話鍵。

「楊萬里，聽得到嗎？」

「聽得到，妳們那邊出事了？」通訊立刻接通，萬里沉聲問道。

「嗯，剛才……有點危險。」忍耐著喉嚨的不適，青雪簡略地將三合院中的景象、與遇上假萬里的經過講了一遍。

萬里默默聽完後，緩緩舒了口氣。

「都沒受傷就好，剛剛妳突然切斷聯絡，我就覺得不太妙。」

「沒想到唱歌真的有用，我還以為……」

「還以為我在唬爛？」萬里忍不住苦笑，「山中的妖鬼大多都怕這招，但只對本體有效，如果面對的是幻象就沒用了。」

「所以，剛才抓住我們的，就是設置這個結界的妖怪？」青雪有點後悔剛剛沒有趁對方虛弱的時候，直接點燃狐火開燒。

如果能打倒本體的話，關住他們的結界應該會隨之潰散才對。

「那隻應該只是其中之一，這麼大的結界，不可能由單獨個體維持。」萬里給出了讓人心臟一沉的答案。

「總之，我猜它們到入夜前都不會隨意接近妳們了，頂多用幻術騷擾一下。我們得趁這段空檔趕快實行B計畫，否則太陽下山之後，狀況會變得很棘手。」

「嗯。」青雪的喉嚨還是很痛，只能簡短回應。

「青雪同學，妳們看得到這附近第二高的那座山頭嗎？」

稍微仰頭搜尋一下四周，就能發現高度排行第二的山峰，出現在視線左前方。

「可以。」青雪照實回答。

「離天黑還有一段時間，妳們先盡可能往那座山上爬，越靠近山頂越好。」

貌似無厘頭的指示，讓狐妖女孩不禁皺起眉頭。

「要我們爬山？」

「具體原因我之後再說明，時間不多了，妳們得趕快開始移動。」

正如萬里所說，距離日落時分只剩下兩個小時左右，考慮到三名年幼少女的移動速度不可能太快，不從現在加緊趕路的話，要在入夜前到達山頂確實有點困難。

「我明白了。」

意識到情況緊迫的狐妖女孩沒有繼續追問細節，約定好下次聯絡的時間後，她切斷通訊，轉向身邊的紅黃紫三人。

「走吧。」

「要、要去哪裡？」小黃忍不住問道。

「爬山。」

沒有理會滿臉「咦咦咦？」的三名少女，青雪一馬當先往遠方的山峰走去。

另一邊的萬里，此時也正好將無線電收進口袋。

「好啦，我也差不多該出發了。」稍微伸展了下筋骨，萬里最後一次看向眼前的景象。

老舊的三合院中，無數屍身遭到鐵鍊貫穿，懸掛在門廊上。

其中甚至能看到好幾道熟悉的身影。

擁有貓咪耳朵與尾巴的長髮女孩、身材嬌小的三尾狐妖、綁著馬尾的高挑女高中生、長相一模一樣的雙胞胎姊妹、雙眼藏在長長瀏海下的嬌小女孩、五官與萬里有些相似的中年警察，以及某位剛剛才通過話的狐妖女孩。

所有在這片土地上生活、被萬里珍視的人類及妖怪們，全都失去生命，以空殼般的姿態吊掛在半空。

黑色的火焰靜靜蔓延。

這就是……他的恐懼。

萬里不帶絲毫感情的雙眼，直視虛構的現實。

「你們……應該慶幸青雪同學她們沒有受傷。」他靜靜展開微笑，對著空氣如此述說。

藏身於男孩身後暗處的數道黑影，猛然一震。

沒有理會後方傳來的細微動靜，萬里四下望了望，逕自邁開腳步。

目標是聳立於群山中的最高峰。

選擇與青雪小隊截然不同的目的地，最大程度上避免了移動時遭到干擾。畢竟兩組人馬不會合的話，女孩們就無法從結界中脫身……照道理來說是這樣的。

萬里豎起雙手的食指和拇指，在面前組出一個略顯歪斜的三角形。

「……能行。」

第十章——七夕銀橋・參

隨著太陽漸漸西沉，天色迅速暗了下來，隨風搖曳的枝枒如妖魔般，朝走在碎石路中央的三人一狐投下陰影。

依照萬里的指示，青雪帶著紅黃紫三名少女爬上山峰，總算在最後一絲暮光消失前，來到接近山頂的位置。

途中雖然又有幾次被老舊三合院堵住去路，但她們全都以驚人的百米衝刺將其化解，總算沒遇上什麼特別驚險的狀況。

然而，越靠近山頂，撲面而來的山風就越是強勁。個子嬌小的小紅、小黃和小紫，只能緊緊靠在青雪身後，跟著她慢慢繞到背風處。

狐妖女孩眼神凝重地眺望遠方。

群山遮蔽下，落日已經幾乎消失在視線中，只剩下晚霞餘暉還照耀著半邊雲彩。遙遠的東方天際漸漸染上夜色。

無論如何，萬里的B計畫都必須成功才行。為了攻頂這座山峰，三名少女的體力都已經瀕臨耗盡，一旦入夜，等待她們的就是山中眾多妖鬼的圍攻。在那樣的情況下，青雪沒自信能保護好身邊的孩子們。

在夜幕真正低垂下來前，萬里終於傳來聯絡。

「青雪同學，妳們就定位了嗎？」

「嗯，現在在山頂的背風處，你呢？」青雪四下看了看，並沒有找到金髮男孩的身影。

「我在隔壁那座山的山頂。」

無線電另一頭充滿呼呼的風聲，看來萬里那邊的風勢也不小。

青雪沒有問他跑到另一座山上做什麼，而是默默將目光轉向左方——群山最高峰的方位。

「我們現在該怎麼做？」

距離太陽完全消失在地平線下，只剩下幾分鐘的時間，要實行所謂的B計畫就得趁現在了。

然而，萬里卻遲遲沒有透露具體的行動方針。

「先別急，我現在就開始說明。」金髮男孩深吸一口氣，才緩緩開口：「青雪同學，妳還記得我昨晚和妳說的話嗎？」

「哪一段？」青雪揚起眉梢。

「有關星星的那段。」似乎早料到會被如此質疑，萬里馬上回答。

「……你說，人類喜歡將情感投射到遙遠的事物上，我只記得這個。」

印象中，萬里好像還有提到童年時和楊百里一起觀星的回憶，但因為談話中途遭到女老師的闖入打斷，所以青雪記下的部分並不多。

「哈哈，沒關係，記得這段就夠了。」萬里輕鬆地笑笑，接著轉為認真的語氣，「就像剛剛說的，人類是一種相當容易投射情感的生物，像今天困住我們的山鬼，就是將人們內心中的恐懼『投影』出來，再趁隙發動襲擊的一種妖怪。」

「這和B計畫有什麼關係嗎？」青雪一如往常，很快就失去耐性。

「有的哦，簡單來說，我想投影『人類的思念』。」

「說什……」

說什麼鬼話？原本想這麼講的青雪，好不容易才吞回溜到嘴邊的話。

「具體來說，該怎麼做？」她決定先從實際點的層面問起。

「我想想該怎麼解釋……嘛，妳知道今天是什麼日子嗎？」

答非所問的回覆，讓狐妖女孩的額前爆出一條青筋。

「七夕情人節？」青雪想起昨晚女老師的抱怨。

「沒錯。」萬里稍微頓了頓，「我想借用星星的力量。」

隨著話語落下，無垠星空從夜幕邊緣探出頭來。

兩分鐘後，青雪帶著紅黃紫三人，移動到與隔壁山頭遙遙相對的邊坡處。最後一絲晚霞餘暉迅速褪去，遠方纏繞著陰影的山峰，像某種巨大生物般聳立在面前。與之相較，緊緊靠在一起的三人一狐顯得無比渺小。

「青雪姐姐，我們現在該做什麼？」頂著更加強勁起來的風勢，小紫艱難地問道。

好問題。

青雪面無表情地沉默下來。

「妳們……知道今天是什麼日子嗎？」她決定用萬里的說詞塘塞過去。

「是鬼門開的第七天？」昨天才被灌輸負面想法的小紅，立刻舉手回答。

「嗯，對。」青雪隨便點點頭。

三名少女用著期待的眼神望向狐妖女孩，似乎認為她接下來會開始說明。

然而，事實上，就連青雪也不確定萬里想做什麼。

——太陽完全消失前，請青雪同學帶著孩子們，移動到正對我這邊山頭的位置。

下達這個指示後，萬里就單方面切斷通訊，似乎自己也開始行動了。

因此當少女們投來天真的視線時，青雪只能無言以對。

在這個尷尬的瞬間，無線電再次響起。

「青雪同學，妳們準備好了嗎？」

「楊萬里，你到底想要做什麼？」狐妖女孩單刀直入地詢問。

「妳馬上就知道了。」無線電另一頭傳來悠哉的聲音，青雪的腦海中不禁浮現萬里那讓人想揍一拳的爽朗笑臉。

「能看到嗎？照相機的閃光燈。」

「照相機……」慢了一拍才意識到他在說什麼的青雪，迅速抬起頭。

這一刻，滿天星斗在頭頂展開。

晚霞的顏色完全消失，牛郎、織女和天津四組成的夏季大三角，在天際閃閃發光。

同樣發出光芒的，還有對面山頭的某個小亮點。

「啊！那是我的相機！」小紫恍然大悟地輕呼。

被遺落在小木屋的照相機，輾轉來到了金髮男孩手上，此時正像是信號燈般閃爍著光芒。

一閃，一閃，讓人不禁聯想到墜落凡間的星辰。

「看到了。」青雪瞇起雙眼，冷靜地回應。

「那麼方向應該沒錯……OK，我們開始吧，現在時機正好。」

「所以說，到底該怎麼……」

「青雪同學，把妳的手往我這邊伸出來。」

按捺住焦躁感，青雪舉起空著的那隻手，往群山中的小亮點遙遙伸去。

「……然後呢？」

「然後，保持冷靜。」萬里的語氣隱含笑意。

空氣傳來隱隱震動。

「青雪姐姐！上面……」小黃的驚呼，將所有視線往上方拉去。

夜空中閃耀的群星，迅速黯淡下來，就連縈繞身邊的山風也瞬間止息。

寂靜降臨群山之間。只剩下夏季大三角的兩顆亮星，遙遙相對。

一顆叫做牛郎星，一顆叫做織女星。

「這是……怎麼回事？」

「別把手放下，青雪同學。」回應青雪喃喃自語的，是萬里沉穩的聲音。

萬籟俱寂。

一秒鐘過去，兩秒鐘過去……

隱約的振翅聲在天空盡頭響起，滿天星斗一齊綻放光芒。

接著，無數星光如瀑布般降下。

銀白色的羽翼，在青雪睜大的雙眼中留下倒影。

數千道墜落的星光，在空中變化著形體，化為振翅飛翔的鳥類，彼此交錯、簇擁著，在視網膜深處留下點點流光。

下一秒，三人一狐立刻被數不盡的銀色喜鵲包圍。

小紅、小黃和小紫發出興奮的歡呼，紛紛伸出手，想觸碰貼身掠過的喜鵲，卻都抓了個空。

由星光投影而成的飛鳥伸展著雙翼，在她們身邊盡情翱翔、盤旋，盛大的振翅聲彷佛隔著一層水膜，蕩漾出陣陣溫厚的回音。

「楊萬里，你做了什麼？」青雪努力壓過周圍的嘈雜，對著無線電拋出疑問。

「嗯？因為今天是七夕情人節啊。」萬里高興地說道，「我只是把人們對愛侶的思念，利用星星投影下來而已。」

「太亂來了吧……」

這個數量，可不是說句「原來如此」，就能打發的程度。

「不說那個，時候差不多囉。」

順著這句提示抬起頭，青雪瞬間說不出話來。

原先繞著她們打轉的喜鵲們突然解開隊形，往兩座山頭間聚集過去。

一對對羽翼排列整齊，懸停在半空。

不一會，一道銀白色的橋樑就出現在山谷上方。

不用萬里提醒，青雪也明白現在該做什麼。

「小紅、小黃、小紫，跟緊我。」

狐妖女孩讓少女們跟在自己的背後，接著輕輕踮起腳尖，往橫越天空的銀橋踏去。

一步一踏，青雪和緊抓著她衣角的紅黃紫三人，隨著銀色階梯的角度慢慢攀升，柔和的白色光芒包圍住她們，將女孩們的身影映照在星光下。

織女。

紫。

黃。羽。

紅。羽。羽。

狐。羽。羽。

羽。羽。

羽。羽。

羽。羽。

羽。

牛郎。　萬。

「嗚哇……嗚哇哇……」

「好、好高！」

「對不起！對不起！請不要電死我，喜鵲先生！」

寬度約兩米的銀橋兩側，就是離地數十公尺的萬丈深淵，讓小紅、小黃和小紫不禁有些膽戰心驚，小紫甚至每踏出一步，都要向腳下的喜鵲們道歉。

青雪下意識地加快腳步。

越過樹林、越過山谷，直到眼前終於出現那千呼萬喚的身影。

「青雪同學！」這次不是透過無線電，萬里的聲音毫無雜訊地傳入耳中。

「萬里！」

脫口而出的人名，讓銀橋另一頭的男孩舉手回應。

慢了一秒，青雪才發現自己不經意間，用了比以往更親暱的稱呼，不禁咬緊牙關，壓抑湧上臉頰的滾燙。

沒有理會對她露出「哎喲喲喲？」表情的三名少女，狐妖女孩加快速度，幾個縱躍間，來到萬里面前。

「青雪同學……咦咦？妳在幹嘛？」

趁著身後的孩子們還沒追上來，青雪將臉龐靠到萬里的肩膀附近，稍微嗅了嗅。

「……是本人沒錯。」

「這是什麼判斷法啦？」萬里不禁露出苦笑，及時張開雙臂，接住往他身上撲來的小紅、小黃和小紫。

「萬里哥哥！」

「萬里哥哥，怎麼突然出現這麼多白色小鳥啊？」

「皮卡皮卡！」

三名少女爭先恐後地發表意見，稍加安撫後，萬里終於抽出空檔，將視線轉向一臉有話要說的青雪身上。

「為什麼能辦到這種事？」

首先提出的問題，就直指核心。

「這些喜鵲，就是人類思念愛侶的心情哦。人們將這樣的思念送上雲端，我只是藉由星星把它們投影下來而已。」萬里以閒話家常的語氣述說著。

但青雪可不吃這套。

「就算把人類的思念投影出來，也無法解釋為什麼這些喜鵲會自己搭成橋吧？」

「呃……」萬里心虛地別開視線。

狐妖女孩的目光一瞬間銳利起來。

「你還隱瞞了什麼，對不對？」

在青雪的視線威壓下，萬里的背後流下一滴冷汗。

「妳不知道那個故事嗎?被銀河分隔的戀人，在七夕當晚，藉由喜鵲搭成的橋樑相會……」

「多少算是聽過。」青雪淡淡地回答。

儘管還記得大綱，故事細節卻差不多忘光光了。

一人一狐彼此對視幾秒後，萬里苦笑著向她伸出手。

「要用夏季大三角比喻的話，青雪同學就是織女星吧。」

「什麼意……」

話還沒說完，青雪就被一把拉了過去。

數千對羽翼組成的鵲橋，在此刻飛散開來，墜落凡間的繁星們，重新往天際升去。

腳下失去支撐的萬里一行人，也隨之墜落。

氣流翻動間，無數散發銀白光芒的雙翼拍打過他們身邊，激起陣陣回音。

「意思是，這座鵲橋是為我們搭建的哦。」金髮男孩的臉龐滿是笑意。

緊抱住懷裡的四名女孩，萬里在半空中俐落地一轉身。

結界破碎，炫目白光隨即填滿視線——

手電筒的光芒四處照射，與搜救隊車輛的車頭燈一起映照著路面，把周圍染得恍若白日。

當滿臉淚痕的女老師哭著朝他們跑來時，只有青雪露出嫌煩的表情，幸好在燈光掩映下，沒有人發現她的異狀。

小紅、小黃和小紫一上車就馬上睡著了，據萬里所說，一般人離開山鬼的結界後，會在熟睡中失去相關記憶，所以看來是不用擔心她們會留下心理陰影了

擅長社交的萬里負責向搜救人員和孩子們的父母說明失蹤的緣由，青雪則趁機乾站著發呆。

「……那時，我一走下木棧道，就發現女廁旁有一隻熊！」

「熊?!」

「確實，最近是大型野生動物活動力旺盛的季節……」不同於嚇了一大跳的女老師，搜救隊隊長捻著八字鬍，連連點頭。

「那隻熊追著青雪同學和孩子們衝進山林，我只好趕緊追上去，結果無線電發生故障……」

這邊萬里還在繪聲繪影地瞎掰，青雪的心思卻飄上天際。

——這座鵲橋，是為我們搭建的。

剛才萬里確實是這麼說的。

喜鵲會在七夕時，為相隔兩地的戀人搭起橋樑、支持他們相會，這個傳說就連狐妖女孩也略有耳聞。

然而，青雪與萬里顯然不是戀人關係，鵲橋卻依舊出現了。

這又是為什麼？

同行的女孩明明還有三人，為什麼那個男人唯獨選擇自己，要她伸手與之相對呢？

是因為，兩人都對彼此懷有戀慕之心……

「青雪姐姐……呼……和萬里哥哥……在交往嗎？」在車上睡熟的小紅，從夢中溢出呢喃。

青雪的心頭微微一震。

稍早前，她在心中回答過這個問題。

比起男女朋友，她和萬里的關係更趨近於……

「青雪同學，我們該上車囉？」一隻手掌在狐妖女孩面前揮了揮。

發現萬里正站在自己面前後，青雪默默提起鞋跟，狠狠踩在男孩的腳尖上。

「好痛！怎麼突然……」

沒有理會跳著腳直抱怨的金髮男孩，青雪抬起頭，最後一次仰望星空。

明亮的夏季大三角與銀河環繞頭頂，繁星像是被急流沖散的碎鑽，無邊無際地往夜空中延展。

「走吧。」隨口丟下這句話，狐妖女孩逕自走向還有空位的搜救車。

而被遺棄在原地的萬里，忍不住露出無奈的笑容。

「少女心還真難懂啊……」

天邊的兩顆亮星靜靜綻放光芒，像是呼應著某人的心跳般，一閃一爍。

一顆叫做牛郎星，一顆叫做織女星。

終曲

早晨的鬧鐘劃破寧靜。

青雪一巴掌揮去，將惱人的噪音徹底消滅。

陽光從窗簾縫隙透入，替室內添上一股慵懶的氛圍。青雪緩緩坐起身，視線停滯在映照著床單的晨光上。

幾綹髮絲有些毛躁地在狐耳間翹起，讓她平時冷漠的形象減弱了幾分。儘管如此，那對隱隱泛出青光的雙眼，仍舊散發著妖異的氣息。

拉了拉因為過於寬大而讓半邊肩頭裸露在外的T恤，青雪深深吸了口氣，一口氣掀開棉被，雙腳放上地面。

木質地板特有的光滑觸感從腳趾傳來，把殘留的睏意全數趕跑，完成這個小小的起床儀式後，青雪才總算徹底清醒。

現在時間還很早，如果按照往常的步調進行洗漱、更衣，應該是不會遲到。也就是說，就算稍微再睡一會也沒關係。

然而，今天的青雪卻一反常態地沒有選擇睡回籠覺。

她果斷地將棉被扔向床角、拉開窗簾，脫下當作睡衣的T恤，接著進入浴室開始盥洗。

時鐘的分針很快前進了幾格，等到青雪終於換上制服，將黑絲襪套上腳踝時，窗外的太陽早已上升到足以俯瞰整座城市的高度。

用指尖輕輕支住鞋後跟，讓纖細的腳掌滑入皮鞋中，青雪直起身，打開玄關的門鎖。

臨走前，她用目光默默對無人的房間說了句「我出門了」，便舉步踏出室外。大門在狐妖女孩的身後關上。

夏日的暑氣仍然大肆殘留在街道各處，明明已經過了表定的夏季，天氣卻像是拒絕為此改變般，任性地維持在悶熱的溫度。

青雪走在熟悉的景物間，目不斜視。

所謂目不斜視，並非全然無視周遭的事物。相反的，她從未像人類那般，刻意用理性和知覺去蒙騙自己，以此迴避未知之物。

會在這邊讓目光停止游移，單純只是因為視線盡頭出現了一道熟悉的身影。

染著顯眼金髮的高大男孩，正一面打著呵欠、一面拐出街角。

經過籃球隊和守護者工作的鍛鍊而顯得結實勻稱的身材，以及無論何時都掛著笑容的嘴角，讓他渾身散發著令人安心的溫暖氛圍。

青雪在不自覺間加快了腳步，雖然只有一點點，但她確實因為對方的出現而改變了步調。

「啊，青雪同學，早安啊。」隨著距離拉近而發現青雪的金髮男孩舉起手，展開微笑。

「早。」青雪點了點頭，逕自路過萬里身邊，往通學路上邁進。

從後方跟上的萬里抓抓頭，似乎怎樣也無法習慣這種冷淡的態度。即便如此，他仍然配合著狐妖女孩的腳步，朝連接河堤兩岸的步橋走去。

「楊萬里。」在等紅綠燈時，青雪突然開口，「真的已經結束了嗎？」

什麼結束了？

是在說超商的夏日大特價？還是剛打完沒多久的美國職籃季後賽？抑或是……某知名影集的爛尾完結？

雖然反射性想這麼提問，但根據萬里對青雪的了解，她所謂的「結束」多半不是指這類膚淺的事物。

於是他靜靜等待，等待狐妖女孩說出後續。

「人類的成長，就是這麼回事嗎？」青雪低聲說道，看著制服裙襬在腿側輕輕搖晃，「只是經過一個長假，就被當作有所長進的證明……總覺得好沒實感。」

萬里笑了笑，露出「啊，是在說這個啊」的表情。

「青雪同學之前沒經歷過對吧？難怪會這樣認為……嘛，對人類來說，『成長』是理所當然的事情。尤其是在校園裡，每過一學年，自己的稱謂就會隨之改變，從『低年級』到『高年級』，從『後輩』到『前輩』，就算不想意識到都不行。」

「但是這種頭銜上的成長，真的有用嗎？」青雪仍然無法理解。

如果心智不跟著有所長進，單純只是改變了稱謂，真的算得上「成長」嗎？

至少她並不這麼認為。

「與其說『稱謂改變就等於成長』，不如說『改變稱謂，是為了讓人類意識到自己的成長』吧。」萬里給出了個如繞口令般的答案。

眼看青雪立刻擺出嫌麻煩的臉色，金髮男孩連忙苦笑著繼續說明。

「要打個比方的話……青雪同學，妳還記得這學年發生的事情嗎？」

——這學年……？

青雪望著萬里的側臉，一瞬間陷入回憶之中。

一開始是貓，接著是火鳥。

然後是狐，獸，鼬，蛇，鼠。

還有那片無垠的星空。

無數記憶片段湧入腦中，讓青雪不自覺地屏住氣息。

「人類是一種很容易遺忘的生物，就算眼睛看到、耳朵聽到了，只要經歷時間的沖刷，就很可能把大部分的事物都忘記。」萬里指著自己的太陽穴，緩聲說道。

「反過來說，只要把記憶劃分為數個區塊，人類就很容易回想起特定的事物，並從中汲取經驗。」

接著成長。

儘管萬里沒有說出來，青雪仍聽懂了話語背後的意涵。

只是埋頭前行的話，很容易會忘卻路過的風景。相反的，每走過一段路就稍作停留，反而能保留大部分的回憶，並以之作出反省、修正。

這是人腦的機制，同時也是「成長」的箇中奧祕。

「所以才會有這種體制存在嗎……」

「是啊。」

「那……我呢？」青雪喃喃問道。

身為妖怪的自己，只是混入人類社會苟且生活的自己，也有資格像真正的高中生一樣，迎來成長嗎？

「不必擔心。」萬里的笑容依舊是如此讓人心安，「青雪同學的話，肯定已經有所成長了。」

畢竟一起經歷了這麼多。

從掛滿貓妖魂魄的木棉樹起，走過「災厄」熊熊燃燒的火焰，兩人端著酒碟、彼此交錯的手臂，震響體育館的連天爆竹，四面吹起的鐮鼬之風，以及纏繞險惡氣息的雙頭蛇與疫鼠。

最後是那座橫跨夜空的美麗銀橋。

——比起一開始，自己或許真的有點變了。

青雪默默做出以上感想。

所以……是真的結束了。

第一次度過的暑假，還有，作為人類高中一年級生的生活，真的結束了。

再也無法回頭，再也無法重來，再也無法真正沉浸其中，只能從回憶中品嘗漸漸變淡的滋味，然後繼續前行。

人類把這種過程，稱為「成長」。

交通號誌由紅轉綠，於是他們重新邁開步伐。

空氣中瀰漫著早晨特有的清新氣味，這回再也沒有突兀的異樣感，也沒有任何可疑的妖怪蹤跡。

一人一狐就這麼沉默地行進了好一會，直到即將踏上連接河堤兩岸的橋樑，青雪才加快腳步，搶在金髮男孩之前登上橋面。

一步、兩步，裹著黑絲襪的雙腿在萬里面前俐落一轉，制服裙襬微微搖曳。

「楊萬里。」即便與金髮男孩四目相對，青雪的語氣仍舊毫無起伏。

然而，或許是陽光角度的關係，狐妖女孩此時的身姿看起來無比耀眼。

「今天開始，我們就是二年級了。」

這句看似平常的言語，卻讓萬里不禁愣了愣。

微風吹散男孩額前的金髮，下一秒，他的嘴角便隨之揚起。

「是啊，二年級開始，也請多多指教了，青雪同學。」

「嗯。」

強烈的逆光中，青雪似乎展開了淺淺的笑容，不過終究沒有人能夠確認。

因為人類是一種，相當容易被自己的感覺和理性蒙蔽的生物。

只要不去看、不去觸碰，就無法確認事物的狀態。

就像藏在木箱中的狐狸般，在打開箱蓋前，永遠也不會知道狐狸的顏色。同理，在視線觸及前，人類也永遠不會知道妖怪是否存在於身邊。

也許離開箱中的青色狐狸，此時正與你錯身而過。

陽光透過玻璃窗，灑落在某個小房間的書桌上，靜置角落的桌曆上頭，被人用紅筆畫了個圈。

那是今天的日期，象徵著暑假結束，即將升上二年級的開學日。

僅僅是一個圓圈，就讓收拾得一絲不苟的房間內增添了些許溫度。

以及桌曆主人對未來的期盼。

一人一狐並肩而行，踏上通往河堤對岸的步橋，將無數回憶留在後頭。

貓。鳥。狐。獸。鼬。蛇。鼠。鵲。

符與青狐，將持續前行。

——《符與青狐．下卷》完

——《符與青狐》全系列完

後記

首先想謝謝看到這裡的人們。

沒錯，原本總是在後記開頭講些不著邊際的雜談，把感謝的話扔到最後才說的散狐我，這次很難得地打算正經一回。

謝謝你們陪伴萬里和青雪走過這段旅程，不管是少數從連載時期一路跟來的讀者，還是協助青狐出版的編輯與繪師，當然還有此刻讀到這行文字的你。

容我代表隨青狐誕生的眾多孩子們，至上萬分謝意。

《符與青狐》的系列作，將在這邊暫告一段落。

不過，正如結尾所說，萬里和青雪的故事仍未結束，他們將繼續前行，航向未知的彼方。

林筱筠脖子上的勒痕為什麼遲遲沒有消失？那個手持木椿屠盡貓妖族的驅魔師是誰？小露兒欠了楊百里什麼人情？楊百里年輕時到底有多愛拈花惹草？青雪的父母為什麼不在了？這座城市究竟還藏了多少妖魔鬼怪？

這些問題的解答，就留待之後再說吧。

總有一天，我會把後續的故事全部寫出來，或許等有了充足的成長之後，青狐的續作也能以這種形式和大家見面。

到時就請多多指教了。

老實說，這次的三個篇章，都是在許久前就規畫好的，因此疫鼠篇居然如此切中時事，完全是意料之外，只能說現實比小說還離奇已經不是什麼新鮮事了。

希望一切都能慢慢好轉，把成千上萬人的健康歸還。

這回的「雙頭蛇」與「疫鼠」兩個篇章，要探討的面向較為單純，分別是人類面對「死亡」與「疾病」時的恐懼與掙扎。

不論是夏晴、雨晴姐妹，還是顧家好女孩艾綾，都無法真正負荷「死亡」和「疾病」的重擔，這也是人之常情。

並不是所有人都能像王道熱血漫畫的角色那樣，把生死看得如此灑脫。

正因為會恐懼、會掙扎、會逃避，才像是人類。

但人們彼此間的情感連結，也讓這些事物在真正來到面前時，顯得不那麼可怕。

只要知道在面對絕境時，自己不是一個人，光是這樣，就能讓人安心下來。

只要在墜入深淵時，雙手能感覺到殘留的溫暖，一切似乎又變得明亮、鮮活起來了。

這也是人類珍貴的事物之一。

最後的七夕篇，是我最喜歡的篇章。

沒有像其他篇章帶入那麼多的人性探討，單純只是把人和妖之間的故事做個收尾。

即便如此，當無數星辰化為羽翼墜落，那幅景象，應該是青狐系列裡最美的一幕吧。

人類少年與狐妖少女，在茫茫山海中找到彼此，攜手走向未來，《符與青狐》就只是這麼一個簡單的故事而已。

說到這邊，也差不多是時候道別了。

萬里、青雪、林筱筠、后土大人、楊百里、葛葉、小露兒、關倩、夏晴、雨晴、艾綾，還有其他賣力演出的孩子們。

他們的故事，將在此暫告一段落，但這不意味著結束——不論是對我，還是對《符與青狐》這部作品來說。

希望有一天，能讓故事的後續和各位讀者見面。這樣的時刻一定會到來，我保證。

我是散狐，這並不是終點，而是新的開始。

那麼，一如往常的，我們下次見！

散狐

高寶書版集團
gobooks.com.tw

輕世代 FW367
符與青狐．下

作　　者　散　狐
繪　　者　雨　野
編　　輯　林雨欣
校　　對　薛怡冠
美術編輯　彭裕芳
排　　版　彭立瑋
企　　劃　李欣霓

發 行 人　朱凱蕾
出　　版　三日月書版股份有限公司
　　　　　Printed in Taiwan
地　　址　臺北市內湖區洲子街88號3樓
網　　址　www.gobooks.com.tw
電　　話　(02) 27992788
電　　郵　readers@gobooks.com.tw（讀者服務部）
　　　　　pr@gobooks.com.tw（公關諮詢部）
傳　　真　出版部　(02) 27990909　行銷部 (02) 27993088
郵政劃撥　50404557
戶　　名　三日月書版股份有限公司
發　　行　英屬維京群島商高寶國際有限公司臺灣分公司
　　　　　Global Group Holdings, Ltd.
初版日期　2021年8月

國家圖書館出版品預行編目(CIP)資料

符與青狐/散狐著.-- 初版. -- 臺北市：三日月書版股份有限公司出版：英屬維京群島商高寶國際有限公司臺灣分公司發行, 2021.08-
冊；　公分. --

ISBN 978-986-06564-2-8(下冊：平裝)

863.57　　110007910

三日月書版

三日月書版

GOBOOKS
& SITAK
GROUP©